图书在版编目（CIP）数据

婉约词 / 徐喜平注析. --西安：三秦出版社，2017.9（2018.3重印）
（中华经典国学口袋书 / 徐喜平主编）
ISBN 978-7-5518-1549-9

Ⅰ. ①婉… Ⅱ. ①徐… Ⅲ. ①婉约派－词（文学）－作品集－中国－古代 Ⅳ. ①I222. 82

中国版本图书馆CIP数据核字（2017）第194113号

出 品 人　支旭仲
项目策划　匡俊英　白忠平
责　　编　胡艳丽　高琳瑛
封面设计　陈　非
版式设计　高东海
内文排版　白英华

出版发行　陕西新华出版传媒集团　三秦出版社
地　　址　西安市北大街147号
电　　话　（029）87205121
网　　址　http://www.sqcbs.cn

规　　格　720mm × 910mm　1/32
　　　　　印张8　彩插8　字数90千字
印　　刷　西安新华印务有限公司（独家承印）
版　　次　2017年9月第1版　　2018年3月第2次印刷
标准书号　ISBN 978-7-5518-1549-9
定　　价　18.00元

婉约词

徐喜平·注析

三秦出版社
陕西新华出版传媒集团

婉约词

徐喜平・注析

三秦出版社
陕西新华出版传媒集团

出版说明

中华文明源远流长，上下五千年，圣贤相继，英才辈出，他们殚精竭虑、呕心沥血，为后人留下了一部部经典作品。这些“经典”如同金砖玉瓦，构建成了一座金碧辉煌的殿堂，我们称之为“国学”。其内容宏富，博大精深，可谓是中华思想文明的浓缩，中国传统文化的精髓，是先贤遗留下的宝贵精神财富，值得好好传承和大力弘扬。越来越多的人们认识到其价值，读国学、诵经典的热潮正在蓬勃兴起，既有数字阅读的风生水起，更有坚守或者回归传统纸质阅读的蔚然成风。

读纸质书，无疑有着其他阅读方式所无法比拟的独特体验，一册在手，可以边读边做批注、写札记、勾画重点，也可以掩卷深思，细细品读。这种探究式阅读方式，有利于人们学习知识、启迪智慧、提升修养、提高境界，也有利于培养孩子们安静学习、锤炼思想、闻着书香做学问的良好习惯。

为了倡导全民阅读，特别是推进纸质阅读，营造爱书、品书氛围，同时考虑到当下人们的生活日趋丰富多彩且节奏加快，闲暇时间越来越碎片化，读书时间相对减少，我们从浩如烟海的国学经典中精心遴选了80部，并对书的内容作了适度精简，编辑出版了“中华经典国学口袋书”系列丛书，希望吸引更多的人回归传统阅读，重视国学经典。“口袋书”，顾名思义就是可以放在口袋里的书籍，其目的就是为读者奉献易于携带、便于翻阅、开卷有益的精神食粮。使他们于居家出行、茶余饭后，随时信手展读，含英咀华，增知怡情。

本丛书涵盖了经史子集、诗词曲赋、笔记信札、经典名句赏析，可谓贯通古今、包罗万象，能够最大限度满足各层面读者的阅读需求。书中既有对照古籍原文的“白话文”，又有介绍典故出处、时代背景、人物事迹等辅助阅读的“注释”，还配以帮助读者理解和提高的“赏析”。使对国学造诣程度各异的读者都可以做到读通、读懂，真正做到了老少皆宜、雅俗共赏。

这套书不仅在内容上编排严谨、注解精当；在外观上也充分彰显书籍之美，版式新颖，设计考究、印装精美，必定会成为您工作生活中的良师益友，带给您全新的阅读感受。

前　言

婉约词是与“豪放词”相对的一种词的类别，虽说最初产生于民间，但其得以风行却是因为晚唐那些“绮筵公子，绣幌佳人，递叶叶之花笺，文抽丽锦；举纤纤之玉指，拍按香檀”，在花间、筵前将那些男欢女爱、相思别离之情曼声低唱的缘故。因此，词中洋溢的是青春和爱情，充满的是柔情蜜意，“婉约”“香艳”是其风格。

婉约词的代表词人有温庭筠、柳永、李清照、周邦彦等，他们的词表情达意一般崇尚含蓄婉转，充分发挥了词专主情致的特点。婉约词在取材方面，多写儿女之情，离别之绪，在表现方法上多用含蓄蕴藉方法将情绪予以表达，其风格是绮丽的。婉约词出现较早，从唐五代以温庭筠为代表的“花间派”开始，继有宋初的欧阳修、晏殊、晏几道，与欧、晏同时的柳永，不仅对宋词进行革新，而且创用了大量的词调，对宋词的发展影响深远。之后，又有秦观、贺铸、李清照继起。

要从如此精美浩瀚的文化遗产中选出仅仅不到两百首来供大家欣赏，并非一件容易的事。没有入选的作品实在太多太多，但囿于篇幅，我们只能忍痛割爱，在此祈请大家谅解。此外，为了让广大读者在欣赏这些优秀作品的同时，能对作者本人有一个较为全面的认识，我们将部分优秀作者的生平简介附于书后，相信这对了解作者的创作风格、创作手法以及深化作品内容都大有裨益。

目　录

好时光

李隆基

宝髻偏宜宫样，莲脸嫩，体红香。眉黛不须张敞画[1]，天教入鬓长。　莫倚倾国貌，嫁取个，有情郎。彼此当年少，莫负好时光。

【注释】

〔1〕黛：黑色。张敞：西汉河东平阳人。早年官太仆丞，宣帝时为太中大夫、京兆尹、冀州刺史等。尝为妻画眉，时长安有“张京兆眉怃”之说，后来成为夫妻恩爱的典故。《汉书》有传。

【赏析】

此词见于《尊前集》及《全唐诗》。据《词林纪事》记载，明皇（即玄宗）“尝临轩纵击，制一曲曰《春光好》，方奏时，桃李俱发”，应词中“莫负好时光”之语，明皇戏曰：“此事不唤我作天公可乎？”

在词发展的初期，词牌与词的内容是相符的，唐玄宗的这首词即如此。该词上阕描写香软，下阕语言率直朴素。上阕工笔描绘了一位正值青春年华的美人的姣好体貌，细写其锦衣宫装、高髻云鬟、面如莲花、遍体红香，辞藻华丽浓艳，极言美人之青春艳丽。

下阕直抒词旨，以劝说口吻，劝美人不要辜负了大好时光。古有《金缕曲》曰："劝君莫惜金缕衣，劝君惜取少年时。花开堪折直须折，莫待无花空折枝。"二者词旨一致，均是劝人珍惜宝贵时光，莫将青春虚度之意。

词源于民间，内容丰富，语言朴素。至花间词派兴起，则渐失民间文学特色，词风趋于典雅艳丽，更注重炼字琢句。观此词，则兼有二者之长，虽为帝王之词，却也带有民间词曲的特点。

菩 萨 蛮

李　白

平林漠漠烟如织，寒山一带伤心碧。暝色入高楼，有人楼上愁。　　玉阶空伫立，宿鸟归飞急。何处是归程，长亭更短亭[1]。

【注释】

〔1〕长亭、短亭：秦、汉时十里置亭，为行人休憩及饯别之所。北周庾信《哀江南赋》："水毒秦泾，山高赵陉。十里五里，长亭短亭。"

【赏析】

这是首眺远怀人之词。

起句状景以衬情：平原上广袤的树林上空笼罩着暮霭，轻飘迷蒙，如烟如纱；连绵起伏的山脉有如一条丝带，呈现出碧绿的颜色。写林，词人状之以"漠漠"，已有苍茫萧瑟之感；写山，词人状之以"伤心"，悲痛之情见诸笔端。暮山自绿，何言伤心？"暝色入高楼，有人楼上愁"，原来以上景色均为愁人眼中所见，故令无情之山水也蒙上了愁惨的颜色。白居易《长恨歌》中有"行宫见月伤心色"，与此同一道理。

下阕由楼上转到楼下，写伫立在玉阶所见及主人公内心忧愁的原因。主人公孤单一人久久伫立在玉阶之上，眺望着暮色中急急飞回巢中去的鸟儿，以宿鸟归林反衬远行之人未归，更突出主人公的焦急与落寞，其久立远望的原因令人一目了然。"何处

是归程，长亭更短亭”，写主人公伫立玉阶之际的内心活动，她那绵长的情思早已飞远，“更”字道出了她因山重水隔、路途遥远的叹息。

此词婉转写来，由景及人，由实及虚，层次渐进，脉络井然，且用字极工，如“暝色入高楼”的“入”字，把日暮时分，时光慢慢推移、暝色冉冉而至的情景表现得非常准确、生动。再如“宿鸟归飞急”的“急”字，既写出鸟飞之疾，又道出女子盼归之心切。

南宋黄升对此词评价颇高，将其与李白的另一首词《忆秦娥·箫声咽》并誉为“百代词曲之祖”。

章台柳

寄柳氏

韩翃

章台柳[1]，章台柳，昔日依依今在否？纵使长条似旧垂，也应攀折他人手。

【注释】

〔1〕章台：西汉长安街名，西汉京兆尹张敞罢朝会，走马过章台街，即此。后人常以章台代指妓院所在处。

【赏析】

据《太平广记》载，韩翃有友李生，每将妙妓柳氏携至韩所，柳羡其才，日久生情。李生知其意，乃请翃饮酒，席间将柳氏赠予韩翃。后安史之乱中两人散离，柳氏为番将沙吒利所劫。长安收复后，韩遣人寻访柳氏，并赠有《章台柳》一词。后有虞候许俊用计诈得柳氏，方得归韩。

《章台柳》一词以柳喻柳氏，起句重复两遍"章台柳"，如呼其名，见其情深意切。下面两句既写对往日的怀念，又写对她现在遭遇的关切以及对她安危的挂念。其爱恋情深尽在不言之中，可谓句短情长。

杨 柳 枝

答韩员外

柳 氏

杨柳枝，芳菲节，所恨年年赠离别。
一叶随风忽报秋，纵使君来岂堪折。

【赏析】

《杨柳枝》乃柳氏和韩词所作，叙写离情别恨。亦以柳自喻。"芳菲"的"柳枝"象征着青春年华，然而不能趁着青春美丽与相爱之人厮守，平添了几分恨意，故云："所恨年年赠离别。"古人有折柳赠别的习俗，这里以此切合自己与丈夫离别的不幸遭遇。结尾两句写从春到秋，杨柳由盛而衰，人也经历了久别相思的苦痛，今已思念伤身、憔悴不堪了，故有“纵使君来岂堪折”之说，亦是诉说相思之苦、含情带怨的情语。

调笑令

王建

团扇，团扇，美人病来遮面。玉颜憔悴三年，谁复商量管弦！弦管，弦管，春草昭阳路断[1]。

【注释】

〔1〕昭阳：西汉宫殿名，成帝时皇后赵飞燕居之。后世小说、戏剧多以“昭阳”指皇后之宫。

【赏析】

此调又名《宫中调笑》《转应曲》。黄升说：“王仲初以宫词百首著名，《三台令》《转应曲》，其余技也。”此词写宫怨，主人公是宫中后妃，叙写其由承恩到失宠的不幸经历。

此词以“团扇”起兴。团扇又名合欢扇，汉代班婕妤有《怨歌行》：“裁为合欢扇，团团似明月。”可见团扇常被当作美好爱情的象征。当美人病中以团扇遮面之时，那圆圆的扇儿令她怅然回想起往日承恩受宠时的欢乐情景。“玉颜憔悴三年，谁复商量管弦”，“谁复”即不再有人之意，将今昔对比，凄凉幽怨之情顿生。“弦管，弦管，春草昭阳路断”，“弦管”叠用，并与上句“管弦”形成倒文，读来更有深思咀嚼的意味。从昭阳宫殿那边传来乐声，这边却是不复“商量管弦”，相比之下，更显凄凉，令人惆怅。末句勾勒出了一个黯然神伤的怨妇形象。陈廷焯称此句：“结语凄怨，胜似宫词百首。”

词人将深宫中女子的不幸命运描述得形象生动，并且寄予了深深的同情。

长相思

白居易

汴水流[1]，泗水流[2]，流到瓜洲古渡头[3]，吴山点点愁[4]。　思悠悠，恨悠悠。恨到归时方始休，月明人倚楼。

【注释】

〔1〕汴水：古河名，发源于河南，流经江苏，转入泗水。

〔2〕泗（sì）水：古河名，发源于山东，流经江苏入淮河。

〔3〕瓜洲：镇名，位于长江北岸、扬州市南面，是大运河流入长江的入口处。

〔4〕吴山：泛指江南群山。

【赏析】

此词写思妇怀远之情。

“汴水流，泗水流，流到瓜洲古渡头”，看似纯粹写景，与人无关，实以流水比人的远行，也是以水的蜿蜒曲折，喻人的千愁万恨之绵长不绝；“吴山点点愁”，以山比拟思妇之愁，极言其愁的深重。故山山水水均成为情之寄托。

下阕“思悠悠，恨悠悠”与上阕“汴水流，泗水流”两两相对，词脉相连，言情之无限。下面词锋陡转，“恨到归时方始休”，是说这绵长的离恨，直到思念的人从远方归来，才会停止。北宋晏几道《长相思》中“长相思，长相思，若问相思甚了期，除非相见时”一句，即扩展此句意而成。结句“月明人倚楼”，以景结情，收束全词，韵意深厚。

此词平易流畅，情真意切，与白居易的诗作风格相近。

江　城　子

和　凝

（一）

初夜含娇入洞房，理残妆，柳眉长。翡翠屏中，亲爇玉炉香〔1〕。整顿金钿呼小玉〔2〕，排红烛，待潘郎〔3〕。

（二）

竹里风生月上门，理秦筝〔4〕，对云屏。

轻拨朱弦，恐乱马嘶声。含恨含娇独自语，今夜约，太迟生〔5〕！

【注释】

〔1〕爇（ruò）：点燃，焚烧。

〔2〕金钿（diàn）：用金片等制成的形如花朵的首饰。

〔3〕潘郎：指晋代潘岳。潘以姿容仪态美好著称，他乘车从街上过，妇女们纷纷把花和果子扔到车上，有掷果盈车的故事。后常借以称妇女爱慕的男子。

〔4〕秦筝：类似瑟的弦乐器，传为秦朝将军蒙恬所造。潘岳《笙赋》："晋野悚而投琴，况齐瑟与秦筝。"

〔5〕太迟生：即太迟。"生"为助词，如太瘦生、可怜生之类。唐宋人常用语。

【赏析】

和凝擅长写短歌艳曲，这组《江城子》共有五首，以艳丽、香软的笔触描写了一位女子等待情郎到来，卿卿我我，直至送别的全过程，其间感情波澜起伏，表现细腻，将恋爱中女子温柔、多情的心态表现得淋漓尽致，是花间词的典范作品。这里选取其中两首加以赏析。

第一首写女子梳妆打扮，焚香燃烛，等候情郎的到来。以华丽的辞藻来状美人之美和居室的华丽，如用"柳眉""金钿""翡翠屏""玉炉香""红烛"等。

第二首是女子等待过程中的心理描写。“竹里风生月上门”写时间已经很晚，能清晰地听见风吹竹林的声音，可以想见四周的安静，是以动衬静的手法。接下来通过对女子一系列动作的描写来传达她殷切期盼的心情。“理秦筝，对云屏”，因为情郎迟迟未到，百无聊赖之中以弹拨秦筝来消磨时间。“轻拨朱弦，恐乱马嘶声”，弹奏是很轻柔的，怕扰乱和遮住了载着情郎的马鸣之声。况周颐在《餐樱庑词话》中赞这两句道：“熨贴入微，似乎人人意中所有，却未经前人道过，写出亲情蜜意，真质而不涉尘纤。”结句以独白方式传达了女子因长久的等待，娇嗔含怨的心情。使人如闻其声，如见其态。

蝶恋花[1]

冯延巳

庭院深深深几许？杨柳堆烟，帘幕无重数。玉勒雕鞍游冶处[2]，楼高不见章台路[3]。　雨横风狂三月暮，门掩黄昏，

无计留春住。泪眼问花花不语，乱红飞过秋千去。

【注释】

〔1〕蝶恋花：《蝶恋花》原名《鹊踏枝》，《词谱》卷十二谓“宋晏殊词改今名”。此词一称欧阳修作。

〔2〕“玉勒”句：玉勒，镶玉的马笼头。雕，饰画。雕鞍，用彩画装饰的马鞍。游冶，出游寻乐。李白《采莲曲》：“岸上谁家游冶郎，三三五五映垂杨。”后特指狎妓游冶处，歌楼妓馆。

〔3〕章台路：西汉长安城中有章台街，是歌妓们居住的地方。《汉书 · 张敞传》中有“走马章台街”语。后人常以章台代指妓院所在处。

【赏析】

这是一首闺怨词。

上阕主要写少妇所处的环境，下阕则着力渲染深闺中少妇的伤春之情。

词的开头描绘了一幅深宅大院的景象。一座幽深的庭院，雕梁画栋，珠帘低垂，寂静无人。只有青青的杨柳，柳丝长垂，浓绿喜人，远远望去如一片翠色的云烟。首句三个“深”字连用，渲染出了宅院幽深静寂的气氛，词中的主人公，就是在这与世隔绝的庭院中思念着自己的丈夫，在寂寞孤独中送走春光。

下阕在时间上紧承上阕，由春光正好转入暮春，少妇也由等待的百无聊赖变为伤心绝望和满腔的哀怨。暮春三月，雨骤风狂。风雨中，花儿凋零，“泪眼问花花不语，乱红飞过秋千去”。这两句景中有情，情景交融，将花拟人，以花喻人，于“物”之上“著我之色彩”。王国维《人间词话》评曰：“‘泪眼问花花不语，乱红飞过秋千去’，有我之境也。”浅显平易的两句词，构成了一个色彩浓烈、饱含感情的意境，于浓艳中见凄郁，景深情亦深。毛先舒评这两句词云：“此可谓层深而浑成。语愈浅而意愈入，又绝无刻画费力之迹。”

此词含蓄蕴藉，婉曲雅致，用字极工而又自然流畅。词人精湛的笔墨，寥寥数句，通过环境的渲染和景物的衬托，以及拟人、象征手法的巧妙运用，给我们刻画出了一位在寂寞深闺中凄凉度终日，于泪眼迷蒙中青春悄然逝去的少妇形象，揭示出她内心深处无以言表悲怨之情，具有强烈的艺术感染力。王国维在《人间词话》中说：“冯正中词虽不失五代风格，而堂庑特大，开北宋一代风气。”

谒 金 门

冯延巳

风乍起，吹皱一池春水。闲引鸳鸯香径里，手挼红杏蕊[1]。　斗鸭阑干独倚[2]，碧玉搔头斜坠[3]。终日望君君不至，举头闻鹊喜。

【注释】

〔1〕挼（ruó）：揉搓。

〔2〕斗鸭阑干：阑干，即栏杆。这里指斗鸭取乐的场所。

〔3〕碧玉搔头：即玉搔头，玉簪的别称。《西京杂记》卷二：“（汉）武帝过李夫人，就取玉簪搔头，自此后，宫人搔头皆用玉。”

【赏析】

这是首闺怨词。

“风乍起，吹皱一池春水”，是后世盛传的名句。《南唐书》有一段记载：“延巳有‘风乍起，吹皱一池春水’之句，皆为警策。元宗李璟尝戏延巳曰：‘吹皱一池春水’，干卿何事？延巳曰：未如陛下‘小楼吹彻玉笙寒’。”可见此词在当时就已广为传诵。

【千秋绝艳图】卷 局部 ［明］ 佚名 中国历史博物院藏 49－1

【千秋绝艳图】卷 局部 ［明］ 佚名 中国历史博物院藏 49－1

此句寥寥数字，不但交待了季节、环境，描绘了自然景色，并以象征手法，暗示了女主人公不平静的心境，如吹皱的春水一般在春风的撩拨下泛起阵阵涟漪，引发千丝万缕的情思。下面两句撷取女主人公的生活片断，通过她心不在焉地引逗鸳鸯和揉搓花瓣的举动，表现了她寂寞空虚的心情。

下阕过渡自然，与上阕首尾相衔，继续描写女主人公的日常生活。她独自一人斜倚着栏杆，看鸭子斗架，因长时间低头的缘故，发髻上的碧玉簪子斜斜欲坠，而她却浑然不觉，将她痴痴出神的样子刻画的栩栩如生。是什么使她如此郁郁寡欢呢？“终日望君君不至，举头闻鹊喜”，全因良人远行未归。末句转抑为扬，使文情起伏有致，古时人们认为“喜鹊叫，好事到”，《西京杂记》上即有“干鹊噪而行人至”的说法，故此女主人公听见枝头上喜鹊的喳喳叫声，即欣喜万分，将女子对丈夫的盼望之情表现得生动自然。

鹊踏枝

冯延巳

谁道闲情抛掷久，每到春来，惆怅还依旧。日日花前常病酒[1]，不辞镜里朱颜瘦。　河畔青芜堤上柳[2]，为问新愁，何事年年有？独立小桥风满袖，平林新月人归后。

【注释】

〔1〕病酒：因饮酒过量而引起身体不适。

〔2〕青芜：丛生的青草。

【赏析】

起句以反诘的语气，道出这份“闲情”的困扰，无以摆脱，由来已久。这份闲情，不是因具体的人和事而起，而是一种难以言说的怅然若失的情绪，随着春天万物的苏醒，此种感觉在词人心头愈发敏锐和真切，盘环纠结，如影随形，啮咬着易感的心灵。何以解忧，唯有“杜康”，悲切、落寞、苦闷的情绪使词人日日耽于饮酒，已经到了不顾惜身体的地步。“瘦”字写出了词人伤情之至，足见其苦闷之深，惟有在酒醉神迷的虚幻之境中，才能暂时忘却盘结在心中的痛苦。上阕情感强烈，表现了词人内心激楚之情。

下阕转入平和，词人暂时从强烈的“自我”中摆脱出来，站在旁观者的角度，对不能自拔的自我微加嘲讽。词人将青草和杨柳拟人化，借以发问，为何年年忧愁不曾断绝？细揣词意，又似在说，为什么在这大好春光中还长吁短叹，不能自已？茵茵的、丛生的青草和枝条柔软的杨柳造成一种绵长柔和的情调，殷勤询问，温柔备至，抚慰着词人的心灵。宁静、美丽的大自然使词人久久不愿归去，独自伫立直至月上梢头。“独立小桥风满袖”，清风灌满了宽大的袖袍，欲飘然而举的词人，颇有忘却浊世、遗世独立的味道。惟有此时此刻，才暂得把新愁旧愁一起淡忘的片刻宁静和安祥。这一心境进一步在“平林新月人归后”这一意象中表现出来。人归之后，没有了尘嚣的扰攘，一钩新月挂于林梢，清辉幽幽，默默无言，却似在诉说着自然、人生永恒的道理，把它的静穆祥和，传送到词人心中。

冯延巳虽身居高位，然南唐国势益危，党争益烈，俯仰身世，“危苦烦乱”，“一于词发之”。此词中所反映的对现实人生的无以解脱的无名怅恨，具有一定的社会普遍性，往往引起后世人的共鸣，有较高的艺术价值。

鹊踏枝

冯延巳

烦恼韶光能几许？肠断魂销，看却春还去。只喜墙头灵鹊语，不知青鸟全相误[1]。　心若垂杨千万缕，水阔花飞，梦断巫山路[2]。开眼新愁无问处，珠帘锦帐相思否？

【注释】

〔1〕青鸟：神鸟，为传说中西王母的使者。唐李商隐《无题》："蓬山此去无多路，青鸟殷勤为探看。"

〔2〕巫山：山名。宋玉《高唐赋》记楚怀王梦中与巫山神女相会。后称男女幽会为巫山等，即本于此。

【赏析】

清刘熙载论词说："大抵起句非渐引即顿入，妙在笔未到而气已吞。"这首词以反问发端，以此来吸引读者的注意力。韶光原指春光，或泛指美好时光，词人却偏加上"烦恼"二字，将自然的美好与人的烦恼相联系相对立，使二者之色彩差异更加鲜明。"能几许"？是说道不清，有几许留恋、又有几许恨意；"肠断魂销，看却春还去"，就在愁

苦的心境中一天天把大好的春光送走。其惜春之情、伤己之恨意表现得至深至真。“只喜墙头灵鹊语，不知青鸟全相误”，此两句写女子在漫长的等待中，将全部希望都寄托在鸟雀的身上，忽喜忽悲，令人可悲可叹。

“心若垂杨千万缕”，以纷扬的垂柳喻女子心绪的烦乱，“水阔花飞”写残春之景，纷飞的花瓣飘落于宽阔的水面，随波逐流，这一令人无限怅惘的景象中暗寓着美人迟暮之意。“梦断巫山路”，写即使在梦中也无法相会的痛苦。“开眼新愁无问处，珠帘锦帐相思否”，写梦醒之后悲哀不已，却无人与诉，幽怨至极，由己推人，猜想对方是否也和自己一样在苦苦相思。

冯延巳词擅长描写人物内心世界，尤长于刻画女性心态，这首词将侧面用笔和直接抒情相结合，景情相生，将思妇心态描写得极有层次，抑扬跌宕，内涵丰富。

南乡子

冯延巳

细雨湿流光，芳草年年与恨长。烟锁凤楼无限事[1]，茫茫。鸾镜鸳衾两断肠[2]。　魂梦任悠扬，睡起杨花满绣床。薄幸不来门半掩[3]，斜阳。负你残春泪几行！

【注释】

〔1〕凤楼：古时指妇女居处。

〔2〕鸾镜：饰有鸾鸟图案的妆镜。鸳衾，绣有鸳鸯图案的被子，亦指夫妻共寝之被。

〔3〕薄幸：幸为宠爱之意，此处指女子的丈夫。

【赏析】

陈世修《阳春集序》评冯词云："观其思深词丽，均律调新，真清奇飘逸之才也。"

此词写女子思念丈夫。起句状物细腻入微，又不显尘纤，将雨湿芳草、流光闪烁的情形逼真地描摹出来。王国维评曰："能摄春草之魂。"且景中寓情，以被细雨润泽而茂盛生长的春草比拟离恨，草长恨亦长。"烟锁"喻雨雾朦胧如烟的景象，"锁"字暗喻女子孤身独处的寂寞，如笼中之鸟。"茫茫"

与上句为倒置句式，兼状雨景及心境，二者俱是苍茫迷离，恍惚凄恻。以上写室外之景，可以揣想乃是女子枯坐房中向外眺望所见。再写室内，那绣有鸳鸯戏水的图案的锦被和饰有鸾鸟图案的妆镜，无不令她睹物思人，黯然伤情。现实中的生活沉闷而压抑，唯有于梦中她才能得到暂时的欢乐。然而梦醒之后只见杨花纷坠、斜阳半掩，那最后的光芒是那般微弱，稍纵即逝，如她即将逝去的青春年华。梦境与现实，一欢一悲，鲜明的对比，使梦醒之后的人儿更显凄凉，不禁让她珠泪成行，“负你残春”真乃字字泣血，如怨如诉，表达了女子悲伤绝望的心情。“泪几行”则与“细雨湿流光，芳草年年与恨长”句遥相呼应，那茵茵芳草似不是用雨水灌溉，而是用不幸的女子的眼泪来浇灌的。

全篇的景与情达到了高度的谐和，具有极强的艺术感染力，乃是闺怨词中言情至深至浓亦至悲之作。

浣溪沙

李璟

菡萏香销翠叶残[1]，西风愁起绿波间。还与韶光共憔悴，不堪看。　　细雨梦回

鸡塞远[2]，小楼吹彻玉笙寒。多少泪珠无限恨，倚阑干。

【注释】

〔1〕菡萏（hàn dàn）：荷花的别名。

〔2〕鸡塞：即鸡鹿塞，汉时边塞名。这里泛指边塞。

【赏析】

此词写女子怀远之情。

上阕起句写景，西风起，花残叶凋，“愁”字写花亦写人，花因风起而生悲惧之感，人因花亡而生悲哀之情。随着韶光消逝，人与花共愁，亦共憔悴。“不堪看”写人亦写花，与首句“菡萏香销”遥相呼应。上阕人与花其形、其情，交织融合，浑然一体，形成一种深郁恍惝的艺术意境。

上阕以写景为主，景中隐然有人，但如隔雾看花，迷离朦胧。下阕转入到对人的内心世界的描写。因白天所见所感，夜来成梦，远去那荒凉的边塞寻找自己的亲人，恍然梦醒之时，窗外正是细雨潇潇，寒意渐透，再难成眠，于是独倚楼头，吹笙以寄恨。“吹彻玉笙寒”，既是对楼外冰寒彻骨的风雨的描写，又是对玉笙悲凉悠远的曲调的展现，二者相交织，生起了主人公心中凄凉惆怅的情绪，这种情感又将景渲染得更加“寒”，情景交融，意味深远。这两句从塞外写到小楼，从梦境写到梦醒，空间之辽阔，真幻之交叠，造成意境之迷离空灵，幽怨凄美，深沉隽永。继以夜深人独倚栏、珠泪泫流的画面作结，含蓄不尽，使情意婉转回延，余韵深远。

相　见　欢

李　煜

林花谢了春红，太匆匆。无奈朝来寒雨晚来风。　　胭脂泪，留人醉，几时重？自是人生长恨水长东。

【赏析】

此词借咏春花之凋亡，而引发人生憾恨之叹，叙景言情，暗寓亡国之恨。

首句写春花已经凋谢，“太匆匆”三字如沉重的叹息，饱含着无限的留恋和遗憾。“无奈”句，则将后主对人无力自主自身命运的哀叹，融于花朵遭受风雨摧残的描写中。“胭脂泪”形容风雨飘摇中雨水顺着殷红的花瓣淌落而下，宛如花儿哭泣的眼泪。其情其景，凄艳无比，令人观之心碎。花如此，而人又如何？又如何能免受不幸的折磨、衰亡的命运？词人长叹道："自是人生长恨水长东。"人生在世，总有无尽的憾恨相伴随，如水之滚滚东去，永无休止。结句低回悲叹，沉郁悲切，催人泪下。此词以白描手法，凝炼明净的语言，传达出深哀婉曲之情愫，洗尽铅华，毫无雕饰，却耐人寻味，具有不朽的艺术魅力。

相　见　欢

李　煜

无言独上西楼，月如钩。寂寞梧桐深院锁清秋。　剪不断，理还乱，是离愁。别是一般滋味在心头。

【赏析】

此词写后主被封"违命侯"，幽居开封时的心境。

盖情至深处，便非言语所能表述。后主身历亡国之痛，成为阶下之囚，其内心之沉痛非他人能理解，更无法向他人倾诉，故此默默无言。所谓此处无声胜有声，无言之痛，更胜于痛哭流涕之痛。词人登上高楼，眼前是一幅凄清无比的图画：月如一弯银钩，幽幽清辉洒梧桐，重门深院，悄寂无人，置身其中，孤独之感如重山般向人压来，令人窒息。想当年"春殿嫔娥鱼贯列""车如流水马如龙"，

而一旦为臣虏，便好似深锁重院之中的寂寞梧桐，身心俱不得自由，尝尽了凄苦。愁思如乱麻一样，“剪不断，理还乱”，苦涩的滋味难以道得清，故只说“别是一般滋味在心头”。明代沈际心赞赏此句道：“七情所至，浅尝者说破，深尝者说不破。破之浅，不破之深。”宋代黄升《花庵词选》评说：“此词最凄婉，所谓‘亡国之音哀以思’也。”

浪 淘 沙

李 煜

往事只堪哀，对景难排。秋风庭院藓侵阶。一任珠帘闲不卷，终日谁来？　金锁已沉埋，壮气蒿莱[1]。晚凉天净月华开，想得玉楼瑶殿影，空照秦淮。

【注释】

〔1〕壮气：指象征帝王运数的祥瑞之气。蒿莱：野草。

【赏析】

首句直抒哀思，说过去的美好生活如烟而逝，无论是回忆，或是赏景，都难以排除心中的哀痛。“秋风”句写庭中苔藓斑驳，已经侵延到了台阶之上，可见人迹罕至。据《默记》记载，李煜归宋后，“有旨不得与人接”，过着幽囚的生活，与当年臣妃环侍、车辇相从的盛况相比，真乃一个天上，一个地下。

“金锁已沉埋”用三国时吴国以铁链锁长江，企图阻止西晋的进攻而不成的典故；“壮气蒿莱”指象征着帝王气数的王气已湮没于野草丛中。“晚凉”句写眼前之景，天上月亮大放光彩，令词人联想到故国宫阙在月辉映照下的情景。“空照”言其寂寞荒凉。结句意象清疏，意境阔大，笔触苍凉。

王国维说：“词至李后主而眼界始大，感慨遂深。”

江城子

韦庄

恩重娇多情易伤，漏更长，解鸳鸯[1]。朱唇未动，先觉口脂香。缓揭绣衾抽皓腕[2]，移凤枕，枕潘郎[3]。

【注释】

〔1〕解鸳鸯：解鸳鸯带（一种衣带）。

〔2〕绣衾：绣花被。

〔3〕潘郎：晋朝潘岳仪容秀美，后人因以“潘郎”代指美男子。

【赏析】

王国维在《人间词话》中说：“端己词，情深语秀，虽规模不及后主、正中，要在飞卿之上。”明汤显祖曾评这首词道：“全篇摹画屏境，而咏赏其流连狼藉，言简而旨达矣。”不管它是摹绘画屏也罢，描写实景也罢，以传统的文学批评眼光来看，其内容属于所谓的“艳情词”。

描写男女欢情，“花间派”诸君皆为个中行家里手，有些描写甚至精细得近似轻薄。韦庄的这首《江城子》写得不可谓不恣情，但不轻狂。首句“恩重娇多情易伤”是一句极洞晓世相、善解人意语，况周颐对此有评：“此语非于情中极有阅历者不能道。”恩爱深重、娇憨无忌的情人在感情上往往更容易受到伤害，这里写出了一种“双向”的情感：男子对女子的宠爱和女子对男子的痴恋。就此一句，全词的情感基调便大不同于一般意义上的艳情词，即往往太专注于对肉体之爱的兴趣与描写，而流露出一种阅尽世间情爱奥妙后的知解与感慨。接下来的几句以白描手法，极简约地描述了异性相悦、同衾共枕的几个动作片断。词中写人未作全面细致的画像，而只点“朱唇”，采用“通感”手法，将视觉形象转化为嗅觉表现；写态未作过多渲染、过细刻画，只以一连串的动词（“解”、“揭”、“抽”等），直接而有分寸地作了交待（这一点最是有别于温庭筠的精雕细刻）；要写情，则有放有收，尺幅千里，只最后一句，便将情人间的恣情任性写得淋漓尽致。情态本身很放肆，但描写的笔墨却极收敛。

韦庄年处的时代，正是词走向成熟的时期，词所担负的内容使命单一而纯粹，樽前月下，遣兴娱宾；词的艺术表现手法也还不甚自觉，呈现为质朴明朗的美。《江城子》这首词正可让你领会到这种词的“原初形态”。

思帝乡

韦庄

春日游，杏花吹满头。陌上谁家年少[1]、足风流[2]？　　妾拟将身嫁与、一生休[3]。纵被无情弃，不能羞[4]！

【注释】

〔1〕陌：东西向的田间道路，这里泛指道路。

〔2〕足：够，十足。

〔3〕妾：古时妇女的自谦之称。

〔4〕不能羞：不以此为害羞。

【赏析】

清代贺裳《皱水轩词筌》里评这首词说："小词以含蓄为佳，亦有作决绝语而有妙者。如韦庄'陌上谁家年少、足风流？妾拟将身嫁与、一生休。纵被无情弃，不能羞！'是也。"确实，比起文人词的某种矫情与作态，韦庄的这首《思帝乡》有着民歌般的热烈、坦率，爱情在这里被赋予非凡的勇气，含蓄的期待让位于大胆的宣言；女性的形象不再伤于病弱幽怨，扑面而来的是天真烂漫、开朗爽快、激情洋溢。

上阕以清丽的笔调，为男女主人公的相遇提供了一个非常优美的环境氛围。这是爱情萌发的契机。先看前两句：正是春天，轻风剪剪，杏花飘坠如雨，纷然落满游人的发际。这是一幅充满诗情画意的动人景致，作者虽只用写景之笔，但人物的活动已隐含其间，我们从这句词里不难读出那掩映于杏花簇中的"她"。由此，接下来的两句就有了落笔的前提，这是从女性的眼光看过去，引出"陌上"翩翩美少年。一个"谁家"，表明进入视线的少年已经引起女子的注意和猜测；而“足风流”则流露出女子对他的欣赏与爱慕。

下阕通过女主人公“决绝”的语气，表现自己对“陌上少年”情有独钟、“死心塌地”的态度，这是爱情的高潮。游春的偶然相遇，竟触动了少女久闭的芳心，一句“妾拟将身嫁与、一生休！”表明了她急切的企盼和果能如愿以偿的巨大满足感；而“纵被无情弃，不能羞”的誓愿又表露出少女赤诚、纯朴的情怀和冲决礼俗的勇气。整个下阕可以说是一篇坦率的爱情心理独白，虽然只有两句，但一句一层，一层一转，情致极深，前一句尚在为能够将一生与“陌上少年”相连而喜悦，紧接着的一句却又想到了可能会发生的无情被弃和自己的无怨无悔。满怀欣喜又不无隐忧却依然执著于爱，这是一种多么复杂的感情！尤其是，整首词俱是从女子的眼光、女子的心理写起，反映的是一种极其强烈的“单恋”。男子的心态如何，始终不得而知，这位天真少女的热烈与痴情就更令人动容。

《思帝乡》这首词看起来平缓如春水，却是尺水兴澜，一波三折。从春日出游时愉快而平和的心情，到幸遇陌上美少年的感情冲击，这是第一次冲突——人与环境的冲突，内心平衡受到破坏；从女子对男子的由慕而爱、爱极而忧，这是第二次冲突——自我的内心冲突；直至最后对自己若被抛弃的精神准备，和她对爱情的回答，将这种冲突推向高潮。全词感情虽回环曲折，语言却直白坦率，在五代文人词典丽绵密的风格中，别开一路，新人耳目。

菩 萨 蛮

牛 峤

玉楼冰簟鸳鸯锦[1]，粉融香汗流山枕[2]。帘外辘轳声，敛眉含笑惊。 柳阴烟漠漠[3]，低鬓蝉钗落[4]。须作一生拚，尽君今日欢。

【注释】

〔1〕玉楼：装饰华丽的楼房。冰簟，竹编的凉席。鸳鸯锦，绣有鸳鸯的绵缎被。

〔2〕山枕：两头较高、中间凹陷的枕头，因形态像山，故名山枕。

〔3〕漠漠：迷蒙不清的样子。

〔4〕蝉钗：指蝉形或有蝉图案的钗。

【赏析】

这是一首描写男女欢情的词。

五代文人词“艳品”很多，在一片莺莺燕燕、红香翠软中，各人又自有各人的路数。牛峤的这首《菩萨蛮》在内容上虽然平常，但在表现手法上却于浅近平直中暗波迭起，异峰突兀。

上阕开头两句为一般性描述，撷取几种精致的意象加以组合，意在表现闺阁特有的情调。这样的写法在“花间”词人中并不鲜见，如温庭筠“水精帘里颇黎枕，暖香惹梦鸳鸯绵”等。但这平淡的两句往往是由接下来的两句赋予它特殊意义的，境界的大小也全在这前后一转。上述温庭筠词紧接“江上柳如烟，雁飞残月天”由闺阁而至羁旅，境界一下扩大了许多，前面所写的闺中人自然也就成了“思妇”的形象。而牛峤的这首词接下来的两句是“帘外辘轳声，敛眉含笑惊”，境界虽不及温词，却使前面两句自有深意：女主人公的“粉融香汗流山枕”不仅仅是由于天气的炎热，更恐怕还在于内心的骚动而引起的浑身燥热。这人物自然也就成了“怀春少女”的形象。从深闺绣阁的孤衾独卧到帘外传来的辘轳声是一大转折，它将女主人公由内心深层的某种憧憬推至骤然的情绪冲动，一句“敛眉含笑惊”五字三层意：“敛眉”是凝神聆听的专注，是对摇辘轳的究为何人的猜疑；“含笑”则是对某种熟稔的“暗号”的会意与兴奋；这“惊”的又是什么呢？有真正见面时的惊喜，怕还有将赴密约的惊惧。一句话浓缩了这么幽曲复杂的心情，词人描写内心活动的功夫真是令人叹为观止。读者这时也被引至一处风景秀丽的半山腰，真有些欲罢而不能了。

下阕紧承上阕，由心理变化转写门外的环境。“柳阴烟漠漠”是一过渡句，自然巧妙，富有深意。柳色如烟，迷迷蒙蒙，这既是闺门外的自然景象，也暗示出女子的心情交织着惊喜与不安、兴奋与迷惘，深带着迷离恍惚之感。接下来“低鬟蝉钗落”，细致生动地写出女子的羞怯与慌乱。这是对男女相悦的进一步描写。至“须作一生拚，尽君今日欢”，写女主人公的自我表白，极为恣肆狂放，前人评此“是尽头语。作艳词者，无以复加”，全篇情绪至此达到高潮。

王国维《人间词话》论曰：“词家多以景寓情，其专作情语而绝妙者，如牛峤之‘须作一生拚，尽君今日欢……’”清人贺裳也曾将牛峤的这句“尽头语”与韦庄“妾拟将身嫁与、一生休。纵被无情弃，不能羞”等相提并论。其实，“情语”也有多种，别的不说，就拿韦庄词中所表现的这种决绝的态度看，也包含着与牛峤词截然不同的情愫，这首词与齐梁宫体诗风格相近。

江 城 子

张 泌

窄罗衫子薄罗裙，小腰身，晚妆新。每到花时〔1〕，长是不宜春。蚤是自家无气力〔2〕，更被伊〔3〕，恶怜人〔4〕。

【注释】

〔1〕花时：花开时节，指春天。

〔2〕蚤：通“早”，本来之意。

〔3〕伊：第二人称之辞，犹云“君”或“你”。

〔4〕恶怜：尽情怜爱之意。恶，副词，甚，很，常用于诗词曲中。怜：爱。

【赏析】

这首词写的是一位青年女子在繁花似锦的春天感伤幽怨的情绪，以及她对所爱男子娇情嗔怪的憨态。

首句以清丽简淡的笔墨，描画出一位风姿绰约、窈窕媚人的女子形象。“晚妆”二字既点明具体时间（傍晚），又为下面感情的触发设下环境氛围：暮云渐合，花影婆娑，寂寞闺阁最易令芳龄女子自叹自怜，黯然神伤。由此自然而然地引出下面两句：

"每到花时,长是不宜春。"花开时节,本是万物舒展、生机萌发之际,年青女子却觉身体慵倦,心情郁闷。这种幽怨感伤的情绪既是中国传统诗歌里不厌其烦加以表现的题材,也是封建社会女性普遍的心理现象。但在这首词中,这种"伤春"情绪不是笼罩全篇的基调,而只是一瞬间短暂的浮现,因为紧接着的两句,使读者明白了前面所写的"晚妆新"对这位女子而言并非毫无目的的举动,她的伤感与幽怨也不是漫长无望的期待。"蚤是自家无气力,更被伊,恶怜人"正说明这位女子的感情已经有了寄托的对象。结句以女主人公的口吻,将她半羞半恼、又喜又怨的心情描写得极为生动。

这首词最大的艺术特点就是语言的俚俗化(民歌化),词的最后一句表现得尤为显著。陈廷焯曾批评张泌另两首《江城子》词"惜语近俚"。其实,这种将文人词的曲丽还原为民间词的俚俗的作词之法,正表明了张泌可贵的创作精神。

生 查 子

牛希济

新月曲如眉，未有团圞意[1]。红豆不堪看，满眼相思泪。 终日劈桃穰[2]，人在心儿里。两朵隔墙花，早晚成连理[3]。

【注释】

〔1〕团圞（luán）：月圆。又有团聚之意。

〔2〕桃穰（ráng）：指桃核里面的仁儿。“穰”同“瓤”。

〔3〕连理：异根草木，枝杆连生，称为“连理”，旧以为吉祥之兆。喻相爱的夫妻。

【赏析】

这首词通篇借物寓意，设喻抒情，写爱人间的相思苦恋之情。翻阅《花间集》诸作，如牛希济《生查子》之情真语挚、深诉心曲者，殊不多见。吟之令人有爱不释“口”之感。

上阕以“传情入景”之笔，抒发男女间的相思之苦。作者借“移情”笔法，赋予视野中的客观景象以强烈的主观情感，使天边新月、枝上红豆都染上别离相思的情愫。“新月曲如眉，未有团圞意”，明为写月，实则喻人，作者以眉比月，正暗示出相思人儿因不见团聚而双眉紧蹙，郁闷不欢的愁苦之态。“红豆”本是相思的信物，但在离人的眼里却是贮满了忧伤，令人见之落泪。一弯新月，数枝红豆，词人撷取传统的寄寓人间悲欢离合、别离思念之情的两种意象，正表达出对爱人的无限深情和思之不得的痛切缺憾。

就内容而言，下阕为上阕之顺延；就感情的“走向”而言，二者又有着微妙的差异。如果说上阕中写相思还只是借助于意象的寄托，情感的附着还比较虚幻，词中的情绪基调也是一种充满残缺感的低沉，那么下阕中的情感就相对地落到了实处，词中流露着的、是充满希冀的向上的基调。“终日劈桃穰，人在心儿里”，一语双关，看似百无聊赖的行为，正寄托着主人公对心上人丝丝缕缕的情爱和日复一日的期盼。“两朵隔墙花，早晚成连理”更表明对爱情的充满信心，尽管花开两朵，一“墙”相隔，但相爱的人儿终将冲破阻碍，喜结连理。整首词写得情致深长，“淋漓沉至”（陈廷焯《闲情集》）。

这首词在艺术上的一个显著特色，就是极其自然地运用了南北朝民歌中的吴歌“子夜体”，以下句释上句，托物抒情。俞陛云评曰：“妍词妙喻，深得六朝短歌遗意。五代词中希见之品。”

中兴乐

李 珣

后庭寂寂日初长[1]，翩翩蝶舞红芳[2]。绣帘垂地，金鸭无香[3]，谁知春思如狂。忆萧郎[4]，等闲一去[5]，程遥信断，五岭三湘[6]。　　休开鸾镜学宫妆[7]，可能更理笙簧[8]。倚屏凝睇[9]，泪落成行，手寻裙带鸳鸯[10]。暗思量，忍孤前约[11]，教人花貌，虚老风光。

【注释】

〔1〕寂寂：清静无声、冷落寂寞的样子。

〔2〕红芳：鲜花。

〔3〕金鸭：金属制的鸭形香炉。

〔4〕萧郎：本指梁武帝萧衍。后泛指或为女子所恋的男子。

〔5〕等闲：随便。

〔6〕五岭三湘：形容远隔千山万水。五岭，山名，所指说法不一，如大庾、骑田、都庞、萌诸、越城五岭。这里泛指南方的山脉。三湘，亦说法不一，古代诗文中的三湘，多泛指今洞庭湖南北、湘江流域一带。此处亦

泛指南方之水。

〔7〕鸾镜：饰有鸾鸟图案的梳妆镜。宫妆，宫女的装束。

〔8〕可能：岂能，怎能。理，演奏。

〔9〕凝睇（dì）：注视。

〔10〕裙带鸳鸯：即鸳鸯裙带。

〔11〕孤：在这里用如“辜”。

【赏析】

这是一首描写闺中少妇春日思夫的词。

上阕写男子的远别。首两句摹写春景：正是日子变长的早春时节，寂静空落的庭院，群芳吐艳，蝴蝶翻飞，追花逐蕊。这里庭院的冷清与花、蝶的繁闹形成两种景观的反差，为下面触景生情、睹物思人的感伤情绪打下了伏笔。次三句写闺中情境：绣帘未卷，香炉不燃。散漫的生活方式折射出女主人公情绪的消沉，一句“谁知春思如狂”，揭示这位少妇内心的情感波澜，也是对前属所写的“蝶恋花”景象的内心回应。下几句写男子的远别，“等闲”二字既写出男子抛家出行的轻率，也隐曲地表达了少妇的幽怨。“程遥信断，五岭三湘”，极写隔山隔水的离人的远不可及和思盼夫君的少妇伤心无望，情致深长。整个上阕写景抒情水乳交融，词笔回旋，跳跃很大。

下阕写少妇的愁情。先写少妇百无聊赖的情状，以无心装扮、不理笙簧表现出“悦己者安在”“知音者不赏”的悲哀心情，投以曲笔，寓以深情。次写少妇思君的悲伤，起于“倚屏凝睇”，结以“裙带鸳鸯”，孤单无依的境况与双宿双飞的鸳鸯两相对照，怎能不令少妇愁情难禁、伤心落泪？结句写少妇对男子不归的幽怨和对自己韶华暗逝的无奈，有“思君令人老，岁月忽已晚”之叹。整个下阕虽纯为抒情笔致，但一波三折，起伏有致。

况周颐称李殉词“下开北宋人体格”。

更漏子

毛文锡

春夜阑[1]，春恨切，花外子规啼月[2]。人不见，梦难凭，红纱一点灯。　偏怨别，是芳节[3]，庭下丁香千结。霄雾散，晓霞辉，梁间双燕飞。

【注释】

〔1〕夜阑：夜深之意。阑，晚，残尽。

〔2〕子规：鸟名，即杜鹃，传说为古时蜀望帝杜宇死后所化，啼血声惨。

〔3〕芳节：美好的时节。这里指春天。

【赏析】

这首词写“春宵怨别”。

上阕写孤况。起首以深婉凄恻之笔，描写闺人春夜独居的情境：更深人静，孤衾独卧，幽恨绵绵，难以成寐，此极写女子的愁苦辗转之况。词人以一句“花外子规啼月”，渲染出孤独凄清的气氛。子规鸟传说为蜀望帝杜宇死后精魂所化，叫声哀绝凄厉，有唤归之意。寂静长夜，深闺孤守，听子规月下哀啼，声声泣血，此种境地，情何以堪！真是“相逢相见知何日？此时此夜难为情”。接下来的三句为一层，抒写孤独无依的苦况：长夜漫漫，情恨绵绵；人已杳杳，纵是梦里相见，又何足依！伤心之情，无以复加矣。“红纱一点灯”不独意象凄艳，且情感哀颓之至，将闺人的无限情思凝结为这暗夜中的一盏红纱灯，给寂寞以希望之光，却又给希望以飘摇之感，让人体味到一种深切的感动和忧伤，同时也营造出一种幽深的词境。诗人陈廷焯读之甚至“瞠目呆望”，“失声一哭”，谓“五字五点血”，足见其艺术震撼力。

下阕写怨别。先追忆别时情景，三句两层意，一层一写法：“芳节”既点明分别的时间，又是一种反写的笔法，用美好的春景反衬情人的分别，愈感忧伤难禁，此所谓“乐景写哀”之法；至“庭下丁香千结”，则为正属烘托，明为写影，暗是抒情，以丁香花蕾的繁盛密集比喻情人相别时心情的悒郁不快，同时也抒写目前愁情的难以排遣；作为下面句子的过渡，巧妙自然，天衣无缝。紧接着的三句，通过时空转换，由追忆别时情节回叙春宵之怨，但作者这时已不再写“夜景”，而写“晓霞”，这种时间上的“断层”实际上体现了一种极为凝炼、容量丰富的表达方法，已见曙色正说明一夜未眠，虽不云愁而愁情自见。结句“梁间双燕飞”，既写实景，又含祈愿，也借以反衬自己的形影相吊，孤寂独立。真是一石双鸟，余韵无穷。

《栩庄漫记》对这首词给予很高评价，云：“文锡词质直寡味，如此首之婉约而多愁，绝不概见，应为其压卷之作。”

玉楼春

魏承班

寂寂画堂梁上燕[1]，高卷翠帘横数扇。一庭春色恼人来，满地落花红几片。　　愁

倚锦屏低寻面[2]，泪滴绣罗金缕线[3]。
好天凉月尽伤心，为是玉郎长不见[4]。

【注释】

〔1〕寂寂：清寂、冷落之意。画堂，堂名，本在西汉未央宫中，后泛指有画饰的厅堂。

〔2〕锦屏：用丝织品制作的屏风。也作屏风的美称。

〔3〕金缕线：金丝线。

〔4〕玉郎：古时对青年男子的美称。也作女子对丈夫或情人的爱称。

【赏析】

这是一首描写春日闺愁之作。

上阕总写春景。前两句先叙“内景”：画堂寂静，梁燕呢喃；翠帘高卷，数扇横陈。词人将闺中景致写得有动有静，声画相偕，意态娴雅。后两句写“外景”：“一庭春色恼人来，满地落花红几片”，既对庭院春色进行了具体的描写，也与前两句纯客观的写景不同，景中寓情，自然引出女子的心理活动，为下阕的抒发愁情铺设了前提。“恼人”二字最妙，它以拟人手法，将不谙人事的春色写得那么多情而又无情：春去春来，年年如此，这本是自然规律，谁也将它奈何不得，但在伤离怨别的闺中女子的眼中，这“自作多情”光顾庭院的春色对自己不啻是无情的嘲弄：春色虽好，谁人共赏？如此春色，怎能令人不恼？真是极富意趣之笔。

下阕写愁情。前两句描写女子悲愁之状：低头伫立，泪湿衣襟，摹形状态，写来真切动人。然此时尚有“但见泪痕湿，不知心恨谁”之意，至末两句则点明女主人公之所以烦恼忧愁、伤心落泪之因由：“为是玉郎长不见。”既照应上阕之“春色恼人”，又为全词作结。

陈廷焯评此词“凄警”，“语意爽朗”，然毕竟有些浅直，尤其是结句，正如《栩庄漫记》所云：“说到尽头，了无余味。”

浣溪沙

顾夐

春色迷人恨正赊[1]，可堪荡子不还家，细风轻露著梨花。　帘外有情双燕飏，槛前无力绿杨斜，小屏狂梦极天涯[2]。

【注释】

〔1〕赊：诗词中用“赊”有相反二义，一为有余意，一为不足意。这里为前一义。

〔2〕极：到，达。

【赏析】

这首词描写一位妇人对久出不归的爱人又恼又恨又思念的复杂感情。

上阕写春景媚人，触动闺人情思。首句点明情思萌发的季节和闺中妇人的心情。同样是写春色，但与魏承班“春色恼人”句相比，顾词又是另一种笔法，著以“迷人”二字，正说明女主人公对春天的热爱之情；缀以“恨正赊”，则表明她内心的矛盾与憾恨：春光虽美，人事堪恼。这就为读者设下了悬念：所“恨”者何也？下一句“可堪荡子不还家”紧承上句之意，回答了“恨”的原因在于爱人的久出不归，而“可堪”二字又使语气加强，在感情的表达上更进了一步。“荡子”之谓有爱有恨，有嗔怨有无奈，感情复杂，很有意味。至“细风轻露著梨花”，则以清丽明快的笔调，写出早春特有的情境，为闺人情思的触动创造了形象生动的空间背景，《栩庄漫记》评其“巧致可咏”。在笔法上，这后一句于前两句的情致绵密中转以清疏之笔，整个上阕的词境因之而扩大。

下阕顺承上阕末句之笔法，写归前景况，借以表达闺人对爱人的幽怨。前两句看似写景，实则抒情；明为状物，暗中喻人。

前写燕子尚能成双成对，是为有情，读者自会读出它的潜台词：“荡子”出行，妇人独居，可谓无情！后写门前绿杨，无力倾斜，又使人联想到愁思带给闺中人的憔悴消损，情境逼人，闺人念远的苦思可以想见。结句以“梦极天涯”抒写少妇对爱人的魂牵梦绕，情致深长，意韵无穷。整个下阕在章法上从疏到密，与上阕的由密至疏形成回旋之势，颇具错落之致。

荷　叶　杯（其四）

顾　夐

记得那时相见，胆战，鬓乱四肢柔。泥人无语不抬头〔1〕，羞摩羞，羞摩羞？

【注释】

〔1〕泥人：形容人的呆状。

【赏析】

这首词描述一位年轻女子与情郎初次见面时的娇羞情状。体制虽短，颇有韵致。

开篇以“记得”二字领起，是以追忆方式叙述相见情景。紧接着的两句以极细腻柔婉的笔触，刻画女子与情郎相见时既胆怯又慌乱的神情。“胆战”从内心体验写出，将一位久居深闺的女子初

【千秋绝艳图】卷 局部 ［明］佚名 中国历史博物院藏 49－2

【千秋绝艳图】卷 局部 [明] 佚名 中国历史博物馆藏 49-2

赴密约时的紧张心理写得极为生动逼真。“鬓乱”是从外部形容写，暗示出约会时的狂热。“四肢柔”则又从身体感觉入笔，写女子约会时的娇软无力；一个“柔”字将女子的情态刻画得入木三分。寥寥数字，词意密丽，描写细致入微，真令人叹赏不绝。词写至此，是从女子角度着笔。以下词笔一转，通过男子眼光来表现女子情态：“泥人无语不抬头”，形容女子当时含羞带怯、手足无措、低头不语的神态，极尽其妙。结句尤其来得别致：“羞摩羞，羞摩羞？”表现男子对女子的逗趣，连用两个通俗化口语的问句，活泼生动，颇为风趣。正如况周颐所评：“顾敻艳词，多质朴语，妙在分际恰合。”

这首词在语言上具有民间词质朴爽朗的风格；在写法上虽纯为白描，然极尽曲折之妙，刻画小儿女情态尤为真切动人。

荷　叶　杯（其六）

顾　敻

我忆君诗最苦，知否？字字尽关心。
红笺写寄表情深[1]，吟摩吟，吟摩吟？

【注释】

〔1〕红笺：一种精美的小幅红纸。多作名片、请柬或题诗词用。

【赏析】

这首词通过一位女性的口吻，抒发情人间的思恋之情。词的题材很平常，但表现的角度却很有新意。

首句“我忆君诗最苦，知否？”开门见山，直抒胸臆，写女子对自己的爱人倾诉心曲：我回忆您的诗时最为苦心，知道么？这里词人采用第一人称的叙事方式，将抒情主人公置于突出位置，缩短了读词时的“距离感”，使读者仿佛在面对面倾听女主人公吐露心曲。一个“苦”字，足见这位女子对爱人的一往情深，同时也引读者思索：“苦”者缘何？词人在这里为女主人公“设计”了一条别致新颖的抒情途径：通过对诗的追忆来寄托对人的思念，一者读诗如读人，二者这“忆诗”的过程也能使女主人公自己的情感渴望得到宣泄和满足。所以，待下一句的“字字尽关心”一出，读者自会明白女主人公何以有“忆诗之苦”，原来是这位男子的诗字字句句关乎他对女子的深爱之心，“一枝一叶总关情”啊！此五字真乃透骨之情语。

以上写女子对爱人之诗的追想回味。自“红笺写寄表情深”句起，则转写女子以红笺题诗寄给爱人，以表一片爱恋之心，这既表达了男女间感情的深长，又在词笔上富转折深入之妙，使短小的词章荷载了较大的艺术内涵。结句也是两个重叠问句："吟摩吟，吟摩吟？"是女子对爱人的探询，也是情感抒发的余韵，读来情韵绵延，意味深长。

玉　楼　春

孟　昶

冰肌玉骨清无汗〔1〕，水殿风来暗香满〔2〕。绣帘一点月窥人，攲枕钗横云鬓乱〔3〕。　起来琼户启无声〔4〕，时见疏星渡河汉〔5〕。屈指西风几时来，只恐流年暗中换。

【注释】

〔1〕冰肌玉骨：形容女性肌骨莹润光洁。

〔2〕水殿：水边的宫殿。

〔3〕攲：倾斜。云鬓，形容女子头发浓密如云。

〔4〕琼户：玉饰的门户。形容居室之美。

〔5〕河汉：银河。

【赏析】

这首词为后蜀后主孟昶与花蕊夫人夏夜纳凉摩诃池上所作。全词描写避暑佳境，抒发迟暮之感，极得词家三昧。仅此一阕，便为蜀主在词坛赢得一席不寻常的地位。

上阕描写夏夜避暑之境况。首句写相与纳凉之良伴。用“冰肌玉骨”形容女性，可谓超脱尘俗之笔；炎炎酷暑，身边伴有这么一位清雅宜人的女性，真让人望之爽然，心旷神怡。次两句“水殿风来暗香满。绣帘一点月窥人”描写周围环境的清幽宜人：水风轻拂，暗香絮绕，绣帘半卷，明月照人，一派清凉幽静、赏心悦目之景象。历历佳境，层层道来，使人如同亲见。末句“欹枕钗横云鬓乱”，连用三个动词，将花蕊夫人乘凉时恣意、慵散的情态写得极为自然、细致。

下阕抒写惜时伤逝之感。前两句“起来琼户启无声，时见疏星渡河汉”，紧承上阕写景之笔，继续渲染夏夜深静之景：琼户无声，疏星几点，唯见河汉横天，一片幽茫。此由写室内之静谧过渡到写夜空之杳静，以“起来”“启”两动词领起带过，完成了场景的转换和抒情氛围的过渡。因而，接下来的“屈指西风几时来，只恐流年暗中换”，便转为抒情笔致，表现主人公的思绪与感慨：酷暑难耐，不知西风何日来消此苦热，然西

风既来，则已至凉秋，又叹流光暗逝，不觉涌起迟暮之感。心事浩茫，委婉道来，有一喟三叹之妙。

全词层次分明，音节谐婉，尤能道实，一任自然，诚为词家之大手笔。

浣　溪　沙

欧阳炯

相见休言有泪珠，酒阑重得叙欢娱[1]，凤屏鸳枕宿金铺[2]。　　兰麝细香闻喘息[3]，绮罗纤缕见肌肤[4]，此时还恨薄情无？

【注释】

〔1〕酒阑：酒将喝完的时候。阑，晚，残尽。

〔2〕凤屏：绣有凤凰图案的屏风。鸳枕，绣有鸳鸯图案的枕头。金铺，本指门上兽形铜制环钮，用以衔环。这里形容铺设华丽的床铺。

〔3〕兰麝：兰与麝香，皆香料。

〔4〕纤缕：指丝绸衣服上细密的纹理。

【赏析】

这是一首描写男女欢情的“艳词”。

上阕写儿女情态：“相见休言有泪珠，酒阑重得叙欢娱”，写曾或有过龃龉，不欢而散的一对情人重见时的欢快之情和互解之心。前一句是说闹别扭时男子的负气一去，定惹得伤心人儿独坐垂泪；此番重又见属，女子欢喜自不用说，或许心里还有些未解开的小疙瘩，而一句“休言有泪珠”，也许是男子对女子的温存劝慰，也许是轻松调侃；后一句则见出女子的转怨为喜，破涕一笑，前嫌尽释。语言浅显而诙谐，描写真切动人，疏疏几笔，小儿女情态毕现。

下阕写男女欢情。前两句描写男欢女爱之情景，词笔细致，但有失纤巧。结句“此时还恨薄情无？”由精细的描述变而为询问的语气，在作法上有曲折之妙，在情致上有回想之味。

前人对此词评论不一，况周颐谓“自有艳词以来，殆莫艳于此矣”（《蕙风词话》卷二）。《栩庄漫记》则云：“叙事层次井然，叙情淋漓尽态。而着语尚有分寸，以视柳七黄九之粗俗不堪，自有上下床之别。”

应　天　长

孙光宪

翠凝仙艳非凡有[1]，窈窕年华方十九[2]。鬓如云，腰似柳，妙对绮筵新酥

酒[3]。　　醉瑶台[4]，携玉手，共宴此宵相偶。魂断晚窗分首[5]，泪沾金缕袖。

【注释】

〔1〕非凡有：不是人间所有。

〔2〕窈窕：形容女子文静而美好。

〔3〕绮筵：形容华贵、丰盛的筵席。醁（lù）酒，一种美酒。

〔4〕瑶台：美玉砌成之台。本为传说中神仙所居，用以比喻楼台之华丽。

〔5〕分首：别离。

【赏析】

这首词描写一对相互钟情的男女乍遇即别的情景。词人以简炼概括的笔法，撷取几个不同侧面，为我们勾勒出一个很有些戏剧意味的、短暂而完整的恋爱故事。

上阕写“初遇”。先写歌妓容貌的美丽和体态的婀娜，次叙她在宴会上的轻歌妙舞，点出这对情人相识的特殊场合。首两句“翠凝仙艳非凡有，窈窕年华方十九”，总写歌女的明艳照人、超凡脱俗和妙龄年华，这是概括的笔法。接下来的“鬓如云，腰似柳”转为细致地刻画，突出描写歌女头发黑亮浓密，若乌云堆聚；腰肢纤细柔软，似风摆弱柳。这是从“微观”角度入笔。末句“妙对绮筵新醁酒”，又转为“全景式”描述：侍筵盛宴，宾客满座；美酒交杯，妙曲仙音。这样的情境就为男女主人公情感的触发铺写了时空背景。整个上阕词笔转换自如，描写疏密相间，各尽其致。

如果说上阕写的是爱恋之“序曲”，那么下阕就该写这种情感的“发展”与“高潮”了。“醉瑶台”既与上阕语脉相属，又为下阕的抒情创设了道路：“醉”者既在酒，其意更在人，所谓“酒不醉人人自醉”，处喧闹之境而情有独钟，虽身在凡间而其神已似飞入仙境。这是情感的“升温”。至“携玉手，共宴此宵相偶”笔致又深了一层，将感情逐渐推向高潮：以心相许，其情炽热。孰料下面笔锋际然一转，欢愉之情尚未尽兴，“晚窗分首”却已在即，其情其境怎不令人魂销肠断，泪飞如雨！正所谓一石激起千层浪，这一转既写出了情感的波澜，也造就了句式的起伏。前面所写一派欢情洋溢，末句却宕开作结，转写别离之悲情，与前面形成落差，让人读来产生强烈的遗憾与惋惜，具有极强的艺术感染力。

御 街 行

秋日怀旧

范仲淹

纷纷坠叶飘香砌[1]，夜寂静，寒声碎。真珠帘卷玉楼空，天淡银河垂地。年年今夜，月华如练[2]，长是人千里。　愁肠已断无由醉，酒未到，先成泪。残灯明灭枕头欹[3]，谙尽孤眠滋味[4]。都来此事，眉间心上，无计相回避。

【注释】

〔1〕砌（qì）：台阶。

〔2〕练：洁白的绢。

〔3〕枕头欹（yī）：倚枕，欹同“攲”。

〔4〕谙（ān）：熟悉。

【赏析】

这是一首抒发离别情怀的词。春花秋月，最容易发人情思。在这深秋之时，黄叶纷纷飘坠，天河横空，月华如水，思念起远在千里的亲人，愁肠已碎，无可奈何，借酒浇愁。

残灯明灭，孤眠难寐，在眉间，在心头，总难消除这愁滋味。词中由秋声、秋色引出秋思，由秋思写出秋愁，最后归结为“都来此事，眉间心上，无计相回避”。层层深入，情意深切，余味无穷。

玉　楼　春

春　景

宋　祁

东城渐觉风光好，縠皱波纹迎客棹[1]。绿杨烟外晓寒轻，红杏枝头春意闹。　浮生长恨欢娱少，肯爱千金轻一笑。为君持酒劝斜阳，且向花间留晚照。

【注释】

〔1〕縠（hú）皱波纹：水波像皱纱一样。縠，有皱纹的纱。棹（zhào），摇船的用具，代指船。

【赏析】

这是一首广为传诵的词。上阕描绘春天的大好风光，“红杏枝头春意闹”堪称绝妙之笔。其中“闹”字用得神灵活现，它把红杏似火，如蒸云霞，芳香浓郁，蜂蝶闹闹嚷嚷，盘旋飞舞在花丛之中的春天景象，形容得淋漓尽致，给人无尽的想象，这即是诗家的所谓“诗眼”。王国维《人间词话》评论说：“著一‘闹’字，而境界全出。”下阕对景生情，作者觉得人生应及时行乐，千金买笑，“为君持酒劝斜阳，且向花间留晚照”是说应在花间月下，游宴饮酒，浅斟低唱，实是赏心乐事。

锦 缠 道

宋 祁

燕子呢喃〔1〕，景色乍长春昼。睹园林万花如绣，海棠经雨胭脂透。柳展宫眉，翠拂行人首。　向郊原踏青〔2〕，恣歌携手。醉醺醺〔3〕，尚寻芳酒。问牧童、遥指孤村，道：“杏花深处，那里人家有。”

【注释】

〔1〕呢喃：燕子鸣叫声。

〔2〕踏青：春天到郊野游玩。

〔3〕醉醺（xūn）醺：形容醉态盎然。

【赏析】

这是一首游春词。它描绘了一幅阳光明媚春意盎然的图画：燕语莺歌，花团绵簇，其中尤以形容海棠花经雨润似胭脂，柳叶如女子细眉，嫩丝长垂，轻拂人面，把园林中春景春花形容得惟妙惟肖。记述春游郊外处，“问牧童、遥指孤村，道：‘杏花深处，那里人家有。’”一句，化用晚唐杜牧《清明》诗，并翻得新奇有趣。

阮 郎 归

欧阳修

南园春半踏青时，风和闻马嘶。青梅如豆柳如眉，日长蝴蝶飞。　　花露重，草烟低，人家帘幕垂。秋千慵困解罗衣，画堂双燕归。

【赏析】

这首游春词，上阕写踏青时候，风和日丽，游人如云。宝马香车，马嘶人欢，彩蝶飞舞，春意盎然。“青梅如豆柳如眉”一句，形象生动，既实写春景，又暗喻游春的佳人，颇得后世赞赏。下阕转入闺中，描写荡秋千的佳人娇态盈盈，春困慵慵，罗衣半解，画堂上双燕归来，俨然一幅图画。

临江仙

欧阳修

柳外轻雷池上雨，雨声滴碎荷声。小楼西角断虹明。阑干倚处，待得月华生。　　燕子飞来窥画栋，玉钩垂下帘旌[1]。凉波不动簟纹平[2]。水精双枕，傍有堕钗横。

【注释】

〔1〕帘旌（jīng）：用下垂的彩穗装饰的帘子。

〔2〕簟（diàn）：竹席。

【赏析】

据《野客丛书》记载：欧阳修为河南府推官（郡守幕僚）时，郡守一日举行宴会，宴会上欧阳修与一官妓甚为亲密。郡守知道后，令官妓求欧阳修作词，以免责罚。欧阳修遂作了这首词以记此事，博得满座赞赏。词中上阕描写初夏景色：垂柳依依，轻雷阵阵，细雨滴荷。“阑干倚处”，一对情人在亲密私语，明月渐渐升起，月华似水，似闻喁喁情话。下阕写珠帘低垂，竹席生凉，“水精双枕”，玉钗横斜，佳人睡态盈然，正是“梨花一枝春带雨”的形象。在这首短短的词中，写景、抒情、记事融为一体，使人不得不佩服作者高度捕捉形象的能力。

天仙子

时为嘉禾小倅，以病眠不赴府会

张先

《水调》数声持酒听，午醉醒来愁未醒。送春春去几时回？临晚镜，伤流景，往事后期空记省。　　沙上并禽池上暝，云破月来花弄影。重重帘幕密遮灯。风不定，人初静，明日落红应满径。

【赏析】

这是一首伤春词。九十日春光易过春归去，春归何处？送春时总有一些伤感，把酒细听那几曲《水调》，更添几分忧愁。夜晚，对对禽鸟已经入睡，云破月来，花影扶疏，画堂中帘幕重重，灯光映掩。微风吹拂，夜阑悄声，料想明日该是落红满径吧。据《古今诗话》记载：“有客谓子野（张先）曰：‘人皆谓公“张三中”：即心中事、眼中泪、意中人也。’公曰：‘何不曰之为“张三影”？’

客不晓。公曰：‘“云破月来花弄影”，“娇柔懒起，帘卷压花影”，“柳径无人，堕絮飞无影”。此余平生所得意也。’”“影”字含蓄精深，溢于言表，正是后人学习之处。

剪　牡　丹

舟中闻双琵琶

张　先

野绿连空，天青垂水，素色溶漾都净。柔柳摇摇，堕絮飞无影。汀洲日落人归〔1〕，修巾薄袂〔2〕，撷香拾翠相竞〔3〕。如解凌波〔4〕，泊烟渚春暝。　彩绦朱索新整。宿绣屏，画船风定。金凤响双槽〔5〕，弹出今古幽思谁省。玉盘大小乱珠迸。酒上妆面，花艳眉相并。重听，尽汉妃一曲〔6〕，江空月静。

【注释】

〔1〕汀：水中或水边的平地。洲，水中可以居留的地方。

〔2〕修巾：长巾。修，长。袂（mèi），衣袖。

〔3〕撷（xié）：采摘。

〔4〕凌波：在水面上踩水而行。

〔5〕金凤：琵琶的代称。响双槽，槽，琵琶上支弦的木格。响双槽表明有两把琵琶在演奏。

〔6〕汉妃一曲：指琴曲《昭君怨》。

【赏析】

这是一首意境非常美的词，它把读者引进了似蓬莱仙岛般的仙景中去，那里绿草绵绵，水天相衔，晚霞余晖，远望一群美丽的少女们裙袖飘动，彩巾飞舞，她们结伴采摘香草，拣拾鸟羽。她们的身影如同踩浮在水面上，随着水波上下荡漾，情景动人。下阕更为精彩，但见江面上烟波画船，酒肴罗列。两个美女弹起琵琶，仙乐悠悠，如诉似怨，这里的“玉盘大小乱珠迸”，套用了白居易《琵琶行》中的名句。一曲终了，重奏一曲《昭君怨》，人们沉浸在乐声之中。这时只见江天一色，皓月千里，令人回味不尽。

千 秋 岁

张 先

数声鶗鴂[1]，又报芳菲歇。惜春更把残红折。雨轻风色暴，梅子青时节。永丰柳，无人尽日花飞雪。　莫把么弦拨[2]，怨极弦能说。天不老，情难绝。心似双丝网，中有千千结。夜过也，东窗未白凝残月。

【注释】

〔1〕鶗（tí）鴂（jué）：即杜鹃鸟。

〔2〕么弦：琵琶的第四弦，借指琵琶。

【赏析】

这是一首抒发幽怨情怀的词。上阕写鸟鸣、花落、雨打、柳絮飞，满目凄凉，愈添伤感，伤春更怀念情人。满怀情思无处诉说，寄托于音乐之中。下阕写忧郁情绪产生的原因，借用弹琵琶来倾诉情中意、心中事、意中人，恰似“天长地久有时尽，此恨绵绵无绝期”！这里“心似双丝网，中有千千结”一句，“丝”谐音“思”，此双关语比喻极为巧妙。“千千结”比喻解不开心中的纠缠烦忧，如乱麻有千万个结子，用得绝妙。结尾的“东窗未白凝残月”一句，再次加深了主人公忧郁孤单的形影，恰见词作者的妙手点染。

更漏子

张 先

锦筵红，罗幕翠。侍宴美人姝丽。十五六，解怜才。劝人深酒杯。　　黛眉长[1]，檀口小[2]。耳畔向人轻道：柳阴曲[3]，是儿家。门前红杏花。

【注释】

〔1〕黛：青黑色的颜料。古代女子用来画眉。

〔2〕檀（tán）：檀呈浅绛色，形容红艳的嘴唇。

〔3〕阴：同“荫”。

【赏析】

这首词描写了一位歌女的情态。短短的词中写出这个歌女是个美丽的姑娘：黑黑的柳叶弯眉，红艳艳的樱桃小口，玉容花貌，楚楚动人；又描述她的动作：轻盈穿梭斟酒；再写出她的声音：细声轻言。她对词人表示爱慕并发出了大胆的邀请：“柳阴曲，是儿家，门前红杏花。”结尾这三句话将环境、时间、描述、话语、情感串连得紧凑传神，写得异

常活泼而生动灵巧。能用平直明白的话语捕捉人物内心的情感，正是这首词的特点。

浣　溪　沙

晏　殊

玉碗冰寒滴露华，粉融香雪透轻纱。晚来妆面胜荷花。　鬓亸欲迎眉际月[1]，酒红初上脸边霞。一场春梦日西斜。

【注释】

〔1〕鬓亸（duǒ）：指面颊两旁近耳的下垂头发。眉际月，古代女子以黄粉涂在额上两眉之间，为圆形，是一种面饰，称眉际月。

【赏析】

这是一首描写富贵女子的艳词。上阕写夏日丽人的闺房中，一片静谧，白玉碗中盛着冰块，碗边凝滴着晶莹的水珠。盛夏酷暑，丽人香汗沁出，雪白的肌肤透出轻纱，粉光融滑，格外美丽。黄昏时候，丽人妆罢，娇面胜似荷花，柳叶如眉，娇艳动人。下阕再进一步描写丽人的体态：鬓发低垂，掠近眉间的面饰，由于午间微微醉酒，脸如朝霞一样现出红晕。结句的“一场春梦日西斜”贯连全词，表明以上都是描写丽人夏眠的如画情景，妙不可言。

秋 夜 月

柳 永

当初聚散，便唤作、无由再逢伊面。近日来，不期而会重劝宴。向尊前，闲暇里，敛著眉儿长叹。惹起旧愁无限。　盈盈泪眼，漫向我耳边，作万般幽怨。奈你自家心下，有事难见。待信真个，恁别无萦绊。不免收心，共伊长远。

【赏析】

风流才子柳永仕途失意后，终日冶游，过着偎红倚翠的放浪生活，这首俚词可为其代表作。年轻时在汴京的一次宴会上，他与一个已经分手的歌妓不期而遇，重逢交谈终于达成谅解。这是一段悲欢离合的故事，虽然只是宴会上这一场面，却将两人的恩恩怨怨写得细腻逼真。上阕先写彼此散后，突然相遇的神态。他认为没有缘由再与她和好，又见她席上强装笑颜，不时皱眉长叹，那楚楚动人的神态勾起他对旧日恩爱的缕缕情思。只见她双眼泪盈，不顾约束，对着他的耳边倾吐着种种隐藏在内心的肺腑之言。而且她对他情感却始终专一。他表示要她“待信真个”，即割断了一切羁绊，他才“收心”，“共伊长远”对前番误会表示谅解后长远相爱。

柳永的俚词特色多方言口语，既通俗又妥贴而曲尽其意，这是他在市井中获得的。也因为他对生活观察入微，摹写人物的情态、语气及心理变化，才能如此下笔传神。

鹤冲天

柳　永

黄金榜上[1]，偶失龙头望[2]。明代暂遗贤，如何向。未遂风云便，争不恣狂荡。何须论得丧，才子词人，自是白衣卿相[3]。　烟花巷陌[4]，依约丹青屏障[5]。幸有意中人，堪寻访。且恁偎红翠[6]，风流事，平生畅。青春都一饷[7]，忍把浮名，换了浅斟低唱。

【注释】

〔1〕黄金榜：指考试寻取题名的榜。

〔2〕“偶失”句：偶然失掉状元的希望。龙头，指状元。

〔3〕白衣卿相：穿白衣的卿相。卿、相都是高级

的官。古代没有做官的人才穿白衣。这里指做个“才子词人”。

〔4〕烟花巷陌：指妓女住的地方。

〔5〕丹青屏障：画有图画的屏风。

〔6〕恁：如此。偎红翠，指冶游。

〔7〕一饷：一餐饭的时间。

【赏析】

柳永在进士落第后，写了这首《鹤冲天》词，坦率陈述自己的怨恨和意愿。据吴曾《能改斋漫录》记载，这首词曾经引起宋仁宗皇帝的愤怒和斥责。旨曰：“且去浅斟低唱，何要功名！”柳永因此失去了仕途上进的机会。

作者在前三句自慰说：落榜是偶然，暂时的失意不必论得失，青春易过，还是到青楼中去及时行乐。这里不难看出作者怀才不遇的情绪，是替自己解嘲。受到打击后，他心灰意丧，一任自己放荡，做个“才子词人”也就是“白衣卿相”，何必要那些“浮名”呢？不如沉湎于“烟花巷陌”“丹青屏障”。他把沦落烟花为妓的女子当知己，她们唱他的词曲，也把他当知己。有“幸有意中人，堪寻访。且恁偎红翠，风流事，平生畅”。“忍把浮名”一句是无可奈何的决绝语，“忍”

字中有辛酸，有蔑视功名利禄之意，也有对当时朝中执政的显贵们的不满。

斗 百 花

柳 永

煦色韶光明媚〔1〕，轻霭低笼芳树，池塘浅蘸烟芜，帘幕闲垂风絮。春困厌厌，抛掷斗草工夫，冷落踏青心绪，终日扃朱户〔2〕。 远恨绵绵，淑景迟迟难度。年少傅粉，依前醉眠何处？深院无人，黄昏乍拆秋千，空锁满庭花雨。

【注释】

〔1〕煦：温暖，春光和煦。韶光，美丽的春光。

〔2〕扃（jiōng）朱户：关门。

【赏析】

这首词上阕写一位年轻女子被抛弃后，面对无限春光而伤感的寂寞情景。眼前是令人迷醉的景色：红白花树被轻轻抹上白纱般的云雾，碧水旁长着嫩绿的青草，池塘被薄雾笼罩着，塘边小楼帘幕遮垂，杨花柳絮随风飘舞。楼中的她对这样大好春景却反倒困烦“厌厌”，这种苦闷忧郁的心情使她无心游戏，也无心去郊外踏青，大门终日紧闭着。下阕写思念情人而不得见的怅怨心情。“远恨绵绵，淑景迟迟难度”，她面对美好的景色反而感到时间缓慢难熬，是因有怨悔的绵长苦情。“年少”二句点明“远恨”原因，原先和她共眠的少年到何处去寻欢作乐了呢？她回顾往日的恩爱，又怨恨少年的薄情。无奈深院孤影一人，只有借打秋千排遣寂寞失望的愁绪，“空锁满庭花雨”，正是她被弃后飘零的写照。柳永善于层层铺叙，借景抒情。本词是这种手法的代表作品之一。

迷仙引

柳　永

才过笄年〔1〕，初绾云鬟〔2〕，便学歌舞。席上尊前，王孙随分相许。算等闲、酬一笑，便千金慵觑〔3〕。常只恐、容易蕣华偷换〔4〕，光阴虚度。　　已受君恩顾，好与花为主。万里丹霄，何妨携手同归去？永弃却、烟花伴侣。免教人见妾、朝云暮雨。

【注释】

〔1〕笄（jī）年：笄，是古代用来束发的簪子。据《郑

语》注："女十五而笄。"所以称女子许嫁之年叫笄年。

〔2〕绾（wǎn）：把头发盘绕起来打成结。

〔3〕慵觑（qù）：慵，懒。觑，看。即懒得一看。

〔4〕蕣（shùn）华：指朝开暮落的木槿花。这里指青春年华短暂。

【赏析】

这首词是一位歌妓的自白。柳永结识过不少歌妓，写下了许多关于这类题材的"艳词"，由于他深深地了解歌妓内心的悲伤，非常同情歌妓的不幸遭遇，将满腔的激愤凝于笔尖，为被蹂躏又被人鄙视的歌妓写下了一篇篇饱含血泪的申诉。

这位歌妓十六岁被迫梳妇人发束，开始卖笑生涯。酒席间任人戏弄凌辱，身子还要为王孙公子"随分相许"。她只希望有珍惜情意的报答"一笑"，可是没有，只有被轻浮无情地玩弄，内心有无限的屈辱和辛酸。"常只恐"担心"蕣华"即青春年华像木槿花一样短暂，多么想寻找一位知音，得到理想的归宿。下阕"已受"句，指明她遇到了这位有情的"君"，心中泛起了波澜，把希望寄托在"君"身上。只要你带我走出火坑，我跟你到天涯海角。这是她的渴求和希望，这里我们仿佛听到深受迫害蹂躏的歌妓的哀求声。"永弃却、烟花伴侣"句，正是她的决心和誓言。

阮 郎 归

晏几道

旧香残粉似当初，人情恨不如。一春犹有数行书，秋来书更疏。　衾凤冷，枕鸳孤，愁肠待酒舒。梦魂纵有也成虚，那堪和梦无！

【赏析】

这首词抒写思忆，但写作技巧上有独特之处：以几件事的对比，层层深入，把一个痴情女子的一片痴心，从有一线希望步步紧逼到绝望，从而展示了恋情中的一种不可解脱的痛苦。“旧香”两句写留下的东西依然如旧，只是“人情”却不如当初了。人不如物，这时她怨而不怒。“一春”两句，写终于盼到一封信来了，寥寥数语不过是敷衍几句，关系已经冷淡。“衾凤冷”“枕鸳孤”“愁肠待酒舒”几句描写自己独处的孤冷，只有以酒浇愁。“梦魂”两句是说梦中的他已对我冷冰冰，我已心死魂断，陷入了完全绝望的境界。

卜 算 子

李之仪

我住长江头，君住长江尾。日日思君不见君，共饮长江水。　　此水几时休，此恨何时已。只愿君心似我心，定不负相思意。

【赏析】

这首词在当时曾广为传唱，几乎家喻户晓。词以通俗的民歌语言写成，极易演唱。和艳词相比，它自然清新；和多数缠绵含蓄的相思词相比，它以坦率、质朴的笔调表现痴情女子的相思之情。自始至终用“水”联结“我”与“君”的感情长线。“我住长江头，君住长江尾”，“共饮长江水”喻隔离千山万水，相思是同样的。“共饮”一句使相思更不能自禁。转到“此水几时休”一句，大有“此恨绵绵无绝期”的余音。借江水悠悠不断，写有情人相思绵绵无期，只希望“君心似我心”，表明自己对

爱情的忠贞不渝。毛晋在《姑溪词跋》中说："姑溪词多次韵，小令更长于淡语、景语、情语……'我住长江头'云云，直是古乐府俊语矣。"

薄　　幸

贺　铸

淡妆多态，更的的[1]、频回眄睐[2]，便认得，琴心先许[3]，欲绾合欢双带。记画堂，同月逢迎，轻颦浅笑娇无奈[4]，向睡鸭炉边，翔鸳屏里，羞把香罗偷解。　自过了、收灯后[5]，都不见、踏青挑菜。几回凭双燕，丁宁深意，往来翻恨重帘碍。约何时再？正春浓酒暖，人闲昼永无聊赖。恹恹睡起，犹有花梢日在。

【注释】

〔1〕的的：此处为眼波不时注视的样子。

〔2〕眄睐（miàn lài）：斜望。

〔3〕琴心：是汉司马相如琴挑卓文君的故事，本词示以琴声达意。

〔4〕颦（pín）：皱眉。

〔5〕收灯后：元宵节后。

【赏析】

以“薄幸”为词调名，始见于贺铸这首词。在词的发展史上，历代的词评家和选词者也都很重视此词，它咏叹了男女恋情。在风和日丽的游春踏青的时光，他遇见了一位娴雅的女子，还向他频频送来秋波，使他坠入爱河。他判断是“以琴达意”，于是两人一见钟情。他结了同心结在她衣上，情意绵绵，他们在画堂相互依偎，感到无限的欢欣，在热恋中定情。很久之后，她那妩媚的笑、香罗偷解时的姿态还历历在目，但自从元宵节后，再也找不到她了。踏青时节，他在挑菜人群中一遍遍寻过，以为有见面的机会，可是“都不见”。那女子家里门深帘重，连燕子捎封信都不能够，眷恋之情向谁吐？“约何时再”这句至结尾，他痴情的焦灼、眷恋的相思情绪溢于言表，又以“犹有花梢日在”的丽景反衬结尾。处处言情，而又处处写景，以景代情，把那种坐卧不安、百无聊赖的形象呈现出来。《宋四家词选》评：“言情中布景。”是最中肯的评语。

长 相 思

林 逋

吴山青[1]，越山青[2]，两岸青山相对迎。争忍离别情？　君泪盈，妾泪盈，罗带

同心结未成[3]。江头潮已平[4]。

【注释】

〔1〕吴山：在浙江杭州市钱塘江北岸，春秋时为吴国地方。

〔2〕越山：指钱塘江南岸的山，春秋时越国在以绍兴为中心的杭州南面一带地方。

〔3〕罗带：丝织成的带子。同心结，把罗带打成结，象征定情。

〔4〕潮已平：江潮已经涨满。这句写离别时所见。

【赏析】

作者用《长相思》作词牌，写的主题正是离别相思。《长相思》又名《双红豆》《相思令》，林逋是一独身隐士，居钱塘江二十多年，经常看见少男少女难舍难分，洒泪惜别，从而在自己的作品中描写出来。在词中，他向一水相隔的吴山、越山发出呼喊："多少人悲欢离合、生死离别？两岸青山可以作证。可是谁又知我的离别恨、相思苦？"和情人分别时压抑不住的痛苦，只有向天呼喊、向青山问话来发泄了，这里移情寄怨的手法十分高妙。"君泪盈，妾泪盈"用了两个"泪盈"，因为"同心结未成"，就被粗暴的阻隔，而且将长相别。"江头潮已平"一句，

“潮”字蓄意极深，也许就是阻挡他们相爱的巨大势力。本词含蓄深沉，用语流畅婉丽，民歌风味很浓。

永　遇　乐

春　情

解　昉

风暖莺娇，露浓花重，天气和煦。院落烟收，垂杨舞困，无奈堆金缕〔1〕。谁家巧纵，青楼弦管〔2〕？惹起梦云情绪。忆当时，纹衾粲枕〔3〕，未尝暂孤鸳侣。　芳菲易老〔4〕，故人难聚，到此翻成轻误。阆苑仙遥〔5〕，蛮笺纵写，何计传深诉？青山绿水，古今常在，惟有旧欢何处？空赢得，斜阳暮草，淡烟细雨。

【注释】

〔1〕堆金缕：无力地低垂着黄金般的丝缕。此处指杨柳。

〔2〕青楼：妓院。

〔3〕纹衾粲枕：同盖绵被，并睡花枕。

〔4〕芳菲：芳香的草，这里比喻青春。

〔5〕阆（làng）苑：神仙居住的地方。

【赏析】

“春情”为本词的题目，描写伤春的思绪。可以说写离愁，也可以理解为隐射作者对理想抱负未能实现的一种怨情。开头用从宽到窄的范围去描写春天的美好。“风暖莺娇”三句，视面广阔。“院落烟收”写景窄，也为后文铺路，是自己家里的春景。用“惹”来转折主人公的忧伤。从谁家传出撩人的乐曲，激起主人公对逝去的青春幸福的回忆，接着“忆当时”三句回忆从前的恩爱。“芳菲易老”三句，写伤悲“难聚”，感叹“误”了大好时光，旨在渲染并点明主题。现在能否弥补误了的时光？要实现愿望有登天之难。“青山绿水”三句写希望落空，此处借青山绿水而移情寄怨。用“空赢得”三句形容现在，所赢得的只有如将要枯萎的小草，或细雨中飘升的一缕轻烟，凄婉惆怅、沉闷的情思在此处倾诉无遗。本词结构严谨，层次分明，用词清丽。

浣溪沙

王安石

百亩中庭半是苔，门前白水道萦回，爱闲能有几人来？　　小院回廊春寂寂，山桃溪杏两三栽，为谁零落为谁开？

【千秋绝艳图】卷 局部［明］佚名 中国历史博物院藏 49－3

【千秋绝艳图】卷 局部 [明] 佚名 中国历史博物馆藏 49-3

【赏析】

词人把我们的视线引到一座深宅大院之前，门前一条小河弯曲流过，院内宅地上长着青苔，久未住人的荒芜景象呈现在读者眼前。“爱闲能有几人来？”这种空寂荒凉的地方又有几人想来啊。走过小院回廊，稀疏有两三株桃杏，虽然春天来了，可是却这般冷冷清清，花儿开落无人知晓。全词字数虽少，包含内容却多，表面上写景，其实写人。言外之意是这里曾是个大户人家居住的地方（占地百亩、花院回廊），为何家道败落？空院寂寂，花儿究竟为谁零落为谁开？实写留居之人的寂寞、凄苦情愫。本词语言清新，感慨深沉，别具一格。

玉楼春

周邦彦

桃溪不作从容住〔1〕，秋藕绝来无续处。当时相候赤阑桥，今日独寻黄叶路。　烟中列岫青无数〔2〕，雁背夕阳红欲暮。人如风后入江云，情似雨余粘地絮。

【注释】

〔1〕“桃溪”句：相传东汉时刘晨、阮肇入天台山，看见山上有桃树，下有溪流。二人在水边遇到两个仙女，

他们相爱成婚。半年以后，二人思家求归。及到出山，才知道已经过去三百多年了（见《幽明录》）。这种由于轻易和情人分别而产生的追悔之情，在古典诗歌中常常用天台山桃溪故事来作比拟。

〔2〕岫：山。

【赏析】

这首词描写作者和情人分别之后，旧地重游，触景生情引起的怅惘之情，也许是他寄寓自己生活中一段真实的经历。上阕“桃溪不作从容住”，藕断丝连之情虽有，可是藕断接不起来了。“当时”二句追忆过去，旧地又重游，原在赤桥上等候相会的欢欣，今日却独自一人在秋风扫落叶的地方苦苦回想。“烟中”二句写雾中的青山、夕阳中的归雁，以“烟”比喻过去如云烟飘去，无可挽回。“人如风后入江云”二句，比喻人像吹散映在江上的流云，情像雨后粘在泥中的柳絮，无法解脱“粘絮”，如像无法解脱排开心中的郁闷一样。结尾二句描写细腻，广为后人传诵。全词多用对句，对得极为工巧。

解 语 花

上 元[1]

周邦彦

风销绛蜡[2]，露浥红莲[3]，灯市光相射。桂华流瓦[4]，纤云散、耿耿素娥欲下[5]。衣裳淡雅，看楚女、纤腰一把[6]，箫鼓喧，人影参差[7]，满路飘香麝[8]。

因念都城放夜[9]，望千门如昼[10]，嬉笑游冶。钿车罗帕[11]，相逢处、自有暗尘随马[12]。年光是也[13]，唯只见、旧情衰谢。清漏移[14]，飞盖归来[15]，从舞休歌罢。

【注释】

〔1〕上元：旧时称农历正月十五日为上元节。

〔2〕绛蜡：红烛。

〔3〕露浥（yì）：露水浸湿。浥，湿润。红莲，荷花灯。

〔4〕桂华：月光。

〔5〕“耿耿”句：耿耿，光明。素娥，月中仙女嫦娥。

〔6〕楚女纤腰一把：《韩非子》：“楚灵王好细腰，而国中多饿人。”这里指美人。

〔7〕参差：不齐，杂乱的样子。

〔8〕香麝：即麝香，香料。

〔9〕放夜：开放夜禁。

〔10〕千门：皇宫里的千门万户。

〔11〕钿车：以金玉装饰的华丽车子。罗帕，车上妇女用的手帕。

〔12〕暗尘随马：车马走过去尘土飞扬。这里指车马经过的地方聚拢了很多游人。

〔13〕是也：还是一样。

〔14〕清漏移：指夜深了。漏，古代用水来计时的用具。

〔15〕飞盖：飞驰的车子。盖，车顶。

【赏析】

周济在《宋四家词选目录序论》中评价说："此美成在荆南作，当与《齐天乐》同时，到处歌舞太平，京师尤绝盛。"周邦彦这篇《解语花》是写上元节题材的代表作品。地方上过上元节，到处都是灯火辉煌，张灯结彩，喜气洋洋，皎洁的月亮与彩灯相辉映，月中嫦娥都想下来一同游玩，箫声鼓乐喧天。在这良辰佳节的夜晚，观灯的人流中，万头攒动，几位窈窕美女留下了一路香气。下阕用"因念"二字承上启下，联想回忆京城的上元节气派更大，灯火万家，照得全城如同白昼。年华老去，词人深感"旧情衰谢"，转入了自嗟自叹，以前那种嬉笑游冶的生活不复返了，再也无心赏灯，不如归去。写景构思新巧，措辞精粹，是本词的特色。

兰陵王

柳

周邦彦

柳阴直〔1〕，烟里丝丝弄碧〔2〕。隋堤上〔3〕，曾见几番、拂水飘绵送行色。登临望故国〔4〕，谁识，京华倦客？长亭路，年去岁来，应折柔条过千尺。　闲寻旧踪迹〔5〕，又酒趁哀弦，灯照离席。梨花榆火催寒食〔6〕。愁一箭风快，半篙波暖，回头迢递便数驿〔7〕，望人在天北。　凄恻〔8〕，恨堆积！渐别浦萦回〔9〕，津堠岑寂〔10〕，斜阳冉冉春无极。念月榭携手〔11〕，露桥闻笛。沉思前事，似梦里，泪暗滴。

【注释】

〔1〕柳阴直：长堤上柳树齐整，阴影连成一条直线。

〔2〕烟：指雾气。丝丝弄碧，柳条丝丝飞舞，呈现一片碧绿。

〔3〕隋堤：隋炀帝开通济渠沿河所筑之堤。

〔4〕故国：这里指故乡。

〔5〕旧踪迹：指昔日在汴京常去的地方。

〔6〕“梨花榆火”句：送别正是梨花开了，快到寒食节的时候。古代习俗以清明前一日为寒食节，禁火三天，节后另取薪火。

〔7〕迢递：遥远。驿，驿站。

〔8〕凄恻：悲伤。

〔9〕别浦：江河的支流入水口。

〔10〕堠（hòu）：古代瞭望敌情的土堡。岑寂，寂静。

〔11〕月榭：月下的楼台。

【赏析】

宋毛幵《樵隐笔录》说这首词在南宋绍兴年间颇为流行，常用作送别时的唱曲，因它分三阕，故称《渭城三叠》。题为柳，实不咏柳，而是抒别愁。周济在《宋四家词选目录序论》中说这首词是“客中送客”。上阕写景：写柳阴、柳丝，借柳树将那离愁别绪渲染一番。“拂水飘绵”四字用得精炼，使柳条轻拂流水、春意绵绵的景象跃然纸上，将送别缠绵依依不舍的情感尽致吐露。中阕写别情，从“闲寻”起写送客时自己抒别情，以柳说人，以物似情，“愁一箭风快”，将

自己“京华倦客”的失意复杂心情更添一层哀愁。下阕写别后追忆，其中“斜阳冉冉春无极”是周词的名句。梁启超在《饮冰室评词》中评这七字：“绮丽中带悲壮，全首精神提起。”结尾“沉思前事，似梦里，泪暗滴”是又一名句。追思多少欢乐往事，全如在梦里，往事不堪回首，如今满怀凄恻，唯有暗洒泪珠而已。全词委婉曲折，伤别念旧之痛苦在回旋往复的叙述中得到深刻的表述，这首词代表了周邦彦词的绵密曲折、委婉入情、富艳精工的艺术特色。

六　丑

蔷薇谢后作

周邦彦

正单衣试酒，恨客里、光阴虚掷。愿春暂留，春归如过翼[1]。一去无迹。为问花何在，夜来风雨，葬楚宫倾国[2]。钗钿堕处遗香泽[3]。乱点桃蹊，轻翻柳陌。多情为谁追惜。但蜂媒蝶使，时叩窗槅。　东园岑寂[4]。渐蒙笼暗碧[5]。静绕珍丛底[6]，成叹息。长条故惹行客，似牵衣待话，别情无极。残

英小，强簪巾帻[7]。终不似一朵、钗头颤袅，向人攲侧[8]，漂流处、莫趁潮汐[9]。恐断红，尚有相思字[10]，何由见得。

【注释】

〔1〕“春归”句：春天过去像鸟飞那样快。

〔2〕“夜来”两句：因楚王爱细腰，楚宫中多细腰美女，有宫女因此而饿死，以落花暗喻。

〔3〕“钗钿”句：钗钿是形状像花朵的女人头上人饰物。香泽，女人头发香气，这里用来比喻落花的香气。

〔4〕岑寂：本有高而静的意思，这里作寂寞解。

〔5〕蒙笼暗碧：指绿叶成荫。

〔6〕珍丛：花枝。

〔7〕巾帻（zé）：头巾。

〔8〕攲（qī）：倾斜。

〔9〕汐：晚潮。早曰潮，晚曰汐。

〔10〕“恐断”两句：唐代卢渥在御沟上拾得红叶一枚，叶上题有相思的诗句，后来娶的放出来的宫女，原来就是在叶上题诗的人。

【赏析】

宋词发展到灿烂时期，周邦彦创制了《六丑》新调。

这首词在《彊村丛书·片玉集》题作“落花”，众多书籍又题为“蔷薇谢后作”。写惮惜落花、惜春、伤春怀人之感。描绘细节生动，把花拟人化，构思别致。从春归花谢、花飞，不写人如何惜花，而写花之恋人；不写已簪在头巾上的残英带给的欣慰，却偏偏把花瓣比喻“红叶题字”。借花起兴，从落花到花瓣，再到红叶，而由此想到潮水，想到情人，奇情四溢，是作者运用腾挪跌宕的艺术写作技巧。“愿春暂留，春归如过翼。一去无迹”，十三个字写春留不住，周济在《宋四家词选目录序论》中评道：“千回百折，千锤百炼。”“问”字振起全篇，“夜来”二句承上回答，写风雨扫葬倾国（美人和花），“钗钿”三句写落花狼藉状，只有蜂蝶追惜花，词人禁不住徘徊叹息。下阕“长条故惹行客”三句，写花枝扯衣恋人，将残留小花簪在头巾上，可见人与花感情之深，缠绵婉转，耐人寻味。将花与人合写，情景交融。

浪淘沙慢

周邦彦

晓阴重，霜凋岸草，雾隐城堞〔1〕。南陌脂车待发，东门帐饮乍阕。正拂面、垂杨堪揽结，掩红泪、玉手亲折。念汉浦离鸿去何许〔2〕？经时信音绝。　情切。望

中地远天阔。向露冷风清、无人处，耿耿寒漏咽。嗟万事难忘，唯是轻别。翠尊未竭，凭断云留取，西楼残月。　　罗带光销纹衾叠。连环解，旧香顿歇，怨歌永，琼壶敲尽缺。恨春去，不与人期；弄夜色，空余满地梨花雪。

【注释】

〔1〕堞（dié）：城上如齿状的矮墙。

〔2〕浦：水滨。

【赏析】

这首写别离相思的词，共分三阕。上阕写相别的时间和地点。在一个秋天雾重迷蒙的早晨，在“城堞”“东门帐”饯行。女子掩泪，亲手折柳，送走了情人。中阕写分离时依依情怀，望天嫌高，看地遥远，而情人却要到那“露冷风清”的地方去。哀叹“万事难忘”，特别难忘“轻别”。此后只有“断云”“残月”陪伴我孤凄度寒夜了。下阕写别后怀念和相思苦衷。蓄势在所谓“光销”“衾叠”“香歇”“壶缺”之中，一件件呈现在眼前，如风雨急至，把难眠、难咽“恨春去”的情思倾泻出来。“弄夜色”两句写又见吹落满地白梨花，更添怅惘。欲写愁情，却只言满地落花，戛然而止，又令人回味无穷，生出无限暇想。全篇变化曲折，转换顿挫有致，是一篇完整而统一的艺术佳作。周邦彦善于驾驭长调，万树在《词律》中称此词“精绽悠扬，为千古绝调”。

水龙吟

次韵章质夫杨花词[1]

苏　轼

似花还似非花，也无人惜从教坠[2]。抛家傍路，思量却是、无情有思。萦损柔肠，困酣娇眼，欲开还闭。梦随风万里，寻郎去处，又还被莺呼起。　不恨此花飞尽，恨西园、落红难缀[3]。晓来雨过，遗踪何在？一池萍碎[4]。春色三分，二分尘土，一分流水。细看来，不是杨花，点点是离人泪。

【注释】

〔1〕次韵章质夫杨花词：章质夫即章楶。章楶原作词《水龙吟·杨花》，苏轼在之后作了这首次韵词。

〔2〕从教坠：让它自己坠落。

〔3〕缀：连接。

〔4〕萍碎：传说杨花落在水中，即化为浮萍。

【赏析】

苏轼这首词，题目“次韵章质夫杨花词”。次

韵受原作的很多限制，不但要用原作的韵，而且次序也不能变。这就比和韵更难。一般诗、词人都不大作，而苏轼这篇次韵之作，掌握得极好，有独到高明之处。章楶、苏轼两篇杨花词，似高手对弈，各有路数。苏轼以夸张的拟人手法捕捉物象，把杨花神化为女子，又对她注入了浓挚的情感。人们唤柳絮为杨花，但并没真正看成花加以爱惜过，而这首词贯穿了“惜”意。“萦损柔肠”二句刻画了一位栩栩如生的少妇形象，她虽然目困心悲，但仍想千里寻郎。随风飘时而疲坠，入梦再寻，却被莺啼惊醒。下阕写人对她的怜惜：不恨柳絮飞尽，而恨柳尽花残，春剩无几。“晓来雨过”三句写漫天飞舞的杨花，只经了一场雨，便一下子消失干净，到底到哪去了呢？只见满池碎浮萍。三分春色，二分为泥土，一分为流水。“细看来，不是杨花，点点是离人泪”，只有相思泪才是如此情深意切。

蝶恋花

苏轼

花褪残红青杏小[1]。燕子飞时，绿水人家绕。枝上柳绵吹又小，天涯何处无芳

草[2]！　　墙里秋千墙外道，墙外行人，墙里佳人笑。笑渐不闻声渐悄，多情却被无情恼[3]。

【注释】

〔1〕花褪残红：花瓣落掉了。

〔2〕“天涯”句：芳草长到天边，表示春天快完了，另一层意思是用来安慰、鼓励失意的人不必太伤心，芳草到处有，天涯多可寻。

〔3〕“多情”句：行人多情，佳人无情。

【赏析】

这是感叹春光易逝、佳人难见的词。上阕写伤春，花瓣落掉飘满地，青杏初结，燕子飞过，溪水绕舍，柳絮飘落殆尽，这确是春将逝去的景色。“天涯何处无芳草”一句，用以安慰、鼓励失意的人，芳草遍天涯，何必伤感。此句脍炙人口，千古传诵。下阕写伤情，墙外的人听得到墙里佳人的笑声，可是墙里佳人却一无所知，只有自怨“多情却被无情恼”了。结句用了移情寄怨的手法，含蓄写出了政治上的失意，自己的重重愁苦，但是苏轼心胸豁达，切合上面的“天涯何处无芳草”一句，就给读者留下了无限的遐想。

水调歌头

丙辰中秋，欢饮达旦，大醉。作此篇，兼怀子由

苏　轼

明月几时有[1]？把酒问青天[2]。不知天上宫阙[3]，今夕是何年。我欲乘风归去，又恐琼楼玉宇[4]，高处不胜寒。起舞弄清影[5]，何似在人间！　　转朱阁，低绮户，照无眠。不应有恨，何事长向别时圆？人有悲欢离合，月有阴晴圆缺，此事古难全。但愿人长久，千里共婵娟[6]。

【注释】

〔1〕几时：何时。

〔2〕把：持，握。

〔3〕阙：皇宫门前两旁的楼观。

〔4〕琼楼玉宇：指神仙居住的宫阙。

〔5〕弄清影：月光下和自己的影子一起嬉戏。

〔6〕共：指共赏。婵娟，月亮的美称。

【赏析】

苏轼这首《水调歌头》，是中秋词中最著名的一首，他以精湛的笔触，刻画了一个完美的意境；

以宽阔的胸襟、丰富的感情抒发了人生的哲理，使读者面对现实，热爱生活。

苏轼因政治失意遭贬，逢中秋佳节，倍思兄弟苏辙。上阕对月饮酒，揉进了作者的政治感慨。由于他广旷的胸襟、丰富的想象和奇妙的艺术构思，展示了天上人间自然景物和社会生活的形象。“明月几时有？”是内心对人生沉痛的感叹。面对茫茫长空，有“我欲乘风归去”的出世思想，然而“高处不胜寒”，容易遭受打击。“起舞”两句表示还是人间生活美好。下阕“不应有恨”“人有悲欢离合”几句，表明人生在世，有悲、欢、离、合，就像月亮有阴、晴、圆、缺一样，是自古无法周全圆满的。这几句最常被用来感慨人生的不幸和世事的缺憾，也是洞悉人生之后的旷达潇洒与自慰。“但愿人长久，千里共婵娟”，人隔千里，仍得共赏明月，是无奈中的安慰，又是对远方亲人的怀念。作者对“古难全”抱有一种豁达的态度，是其处世的智慧。胡仔评这首词说：“中秋词，自东坡《水调歌头》一出余词尽废。”

蓦山溪

赠衡阳妓陈湘

黄庭坚

鸳鸯翡翠[1]，小小思珍偶。眉黛敛秋波[2]，尽湖南，山明水秀。娉娉袅袅[3]，恰近十三余。春未透，花枝瘦，正是愁时候。　　寻芳载酒，肯落他人后。只恐远归来，绿成荫、青梅如豆。心期得处，每自不由人。长亭柳，君知否？千里犹回首！

【注释】

〔1〕鸳鸯：偶居不离的雌雄鸟。翡翠，名翠鸟，羽毛华丽。

〔2〕秋波：形容美人的眼睛清澈如秋水。

〔3〕娉娉：美貌。袅袅，纤长柔美的样子。

【赏析】

这是词人赠衡阳妓陈湘之作。起首用了五句来比喻形容，赞美他所钟爱的陈湘：像鸳鸯、翡翠鸟那样珍贵、美丽又多情，像湘山般清秀的双眉，像湘水般透明、灵秀、柔情的眼睛。“娉娉袅袅”五句，将陈湘的年轻貌美、姿态身世描述尽知：十三岁就有如花般的美貌，恰似“春未透，花枝瘦，正是愁时候”。这里用了“透”“瘦”“愁”三字，极工致纤巧。她又像春寒未尽时，长在纤弱枝头上含苞欲放的花蕾，被霜雨淋冻；惹得狂蜂荡蝶来摧残，“正是愁时候”，怎么令人不愁！下阕“只恐远归来”三句，用晚唐诗人杜牧“自是寻春去太迟，不须惆怅怨芳时。狂风吹尽深红色，绿叶成荫子满枝”诗意。接着“心期得处”五句，描写眷恋之情，表示虽远隔千里仍一往情深。

这首词用语婉丽，含意深长，字字锤炼，足见作者功力。

减字木兰花

秦　观

天涯旧恨，独自凄凉人不问。欲见回肠[1]，断尽金炉小篆香[2]。　　黛蛾长敛[3]，任是东风吹不展。困倚危楼，过尽飞鸿字字愁。

【注释】

〔1〕回肠：形容内心焦虑不安。

〔2〕篆香：指盘香。

〔3〕“黛蛾”句：指思妇愁眉不展。

【赏析】

这首词是秦观被贬谪离处州时怀妇之作。有人曾说："秦淮海，古之伤心人也。"其语良是。他的词初读乍觉和婉，细按方知情伤。在穷乡僻壤，离人在房中闭门焚香，香烟袅袅，把他的思绪带到家乡妻子的身旁，天涯各一方，欲爱不能见，旧恨新愁涌阻，怎能不绞心回肠？孤独一个人，凄凉有谁知？何日是尽头？恰是"断尽金炉小篆香"。望穿眼，痛断肠，"断尽"二字用得极好，篆香盘旋着，喻回肠的痛楚。全词上阕写词人，下阕写思妇，前者恨满"回肠"，后者"黛蛾长敛"。他思念远方的妻子，眼前仿佛看见妻子蛾眉不展，在呼唤他，为他担心，为他痛苦地眉头紧锁，所以"任是东风吹不展"，从而"困倚危楼"。"过尽飞鸿字字愁"用叠字突出了词人黯然销魂的情怀。从人物、空间和时间等多方面展现离愁，可谓尺幅纳百忧。

千　秋　岁

秦　观

水边沙外，城郭春寒退。花影乱，莺声碎。飘零疏酒盏，离别宽衣带。人不见，

碧云暮合空相对。　　忆昔西池会[1]，鹓鹭同飞盖[2]。携手处，今谁在？日边清梦断[3]，镜里朱颜改。春去也，飞红万点愁如海。

【注释】

〔1〕西池：指北宋京都开封西郑门西北之金明池。秦观于元祐间居京时，与诸同僚有金明池之游会。

〔2〕鹓鹭：两种鸟。因其飞行有序，故以喻百官朝见时秩序井然。

〔3〕“日边”句：慨叹还朝无望。见《世说新语·夙惠》：“晋明帝数岁，坐元帝膝上。有人从长安来，元帝问洛下消息，潸然流涕。明帝问何以致泣？具以东渡意告之。因问明帝：‘汝意谓长安何如日远？’答曰：‘日远，不闻“人从日边来”？居然可知。’元帝异之。明日集群臣宴会，告以此意。更重问之，乃答曰：‘日近。’元帝失色，曰：‘尔何故异昨日之言邪？’答曰：‘举目见日，不见长安。’”后以日边喻京都帝王左右。

【赏析】

这首词是秦观逝世前几年所作，由于北宋新旧党之争，他的导师苏轼被贬，秦观无辜受牵连，屡遭贬谪，甚至被惩处“编管”，剥夺了人身自由。曾季貍《艇斋诗话》云：“少游作此词（指《千秋岁》）时，传至予家丞相，丞相曰：‘秦七必不久于世，岂有“愁如海”而可存乎？’已而少游果下世。少游第七，故云秦七。”这位北宋婉约词的“正宗”人物，誉称“国士无双秦少游”，成为了政治事件的牺牲品。

秦观用《千秋岁》寄慨身世，坎坷悲惨的身世就自然使整篇词充满“愁如海”的感慨。眼前的“绿水”“花影’“莺声”和昔日一样，可是如今人在异乡飘零，憔悴落拓，孤影自怜，只有凄清的暮色伴随。下阕“忆昔西池会”一句，忆昔日和朋友们在汴京的欢乐叙会，怡然自得，豪情奔放。“携手处，今谁在”三句慨叹还朝无望。“镜里朱颜改”，明示蹉跎岁月已将朋友们的红颜改变了，痛心疾首，使他呼出：“春去也！飞红万点愁如海。”本词写得如此凄厉，有高山流水之悲，千载而下之感。

凤凰台上忆吹箫

李清照

香冷金猊[1]，被翻红浪[2]，起来人未梳头。任宝奁闲掩[3]，日上帘钩。生怕闲愁暗恨[4]，多少事，欲说还休。新来瘦[5]，非干病酒[6]，不是悲秋[7]。　休休，这回去也。千万遍阳关[8]，也即难留。念

武陵春晚[9]，云锁重楼[10]。记取楼前绿水，应念我，终日凝眸[11]。凝眸处，从今更数，几段新愁。

【注释】

〔1〕金猊：狻猊（suān ní）形的铜香炉。狻猊，古代传说中的一种狮形怪兽。

〔2〕被翻红浪：红色的锦缎被子乱摊在床上，犹如红浪翻滚。

〔3〕宝奁（lián）：精美华贵的梳妆匣。

〔4〕生怕：最怕。闲愁暗恨，指的是离别时的离愁别苦。

〔5〕瘦：消瘦。

〔6〕病酒：饮酒过度，沉醉如病。

〔7〕悲秋：为秋天的萧条而悲伤。

〔8〕阳关：指《阳关曲》，古送别曲名。

〔9〕武陵：指武陵人，代指远行在外的丈夫。王涣《惆怅诗》有“晨肇重来路已迷，碧桃花谢武陵溪”，北宋韩琦《点绛唇》词云：“武陵凝眸，人远波空翠。”唐五代用词大多以刘晨、阮肇天台遇仙女的故事写男女恋情。

〔10〕云锁重楼：云指云烟，锁是笼罩着之意。此句指千里云烟将自己与丈夫分开。

〔11〕凝眸（móu）：目不转睛地注视。眸，眼珠。

【赏析】

这是一首写离情的词。它以委婉、细腻、含蓄的风格，抒发了作者别离时的哀愁。在上阕里，词人开始即描绘了一幅闺阁慵懒图景，由此开始倾诉无限的忧愁。“生怕闲愁暗恨，多少事，欲说还休”，原来是要与心爱的人离别，一语道破题旨。在这离别的时刻，她有万种愁情。一腔哀怨本想在丈夫面前尽情倾吐，可是话到嘴边，又吞咽了下去。这就使词又多了一道波折，表面的克制，造成心头更为严重的愁苦，而下句交待这“愁”不是由饮酒和苍凉秋色所引起的，而是作者宁愿折磨自己，也不肯给临行前的丈夫增加烦恼，在此，读者仿佛看见了词人那颗善良、深情的心。在下阕里，作者说明愁的原因是丈夫明朝就要远行，写出了作者的失望与难以割舍的一缕痴情。“千万遍阳关，也即难留”，离别的《阳关曲》唱上千千万万遍，终是难留，一

腔离愁，跃然纸上。下文里用“武陵”人的典故与妆楼云烟，既写她对丈夫的思念，也希望心爱的人能像自己眷恋他一样眷恋自己。结尾“凝眸处，从今更数，几段新愁”三句，写在天涯归路上，词人满腔的离愁别恨，何时才

能结束呢？这就是作者的高明之处，长长的余音，让人回味不已。

如梦令

李清照

常记溪亭日暮[1]，沉醉不知归路。兴尽晚回舟，误入藕花深处。争渡，争渡，惊起一滩鸥鹭[2]。

【注释】

〔1〕溪亭：地名。

〔2〕鸥鹭：两种水上生活的禽鸟。

【赏析】

这是一篇记游之作，作者写自己在溪亭饮酒后晚归的情景。开头以“常记”二字娓娓道来，自然、朴实，接着用“日暮”、“沉醉”，透露出作者心底的欢愉，是同情人缱绻，还是亲朋的畅游，留给读者去想象。“兴尽晚回舟”和“误入”一语，用笔自然，和前文的“沉醉”相互照应，绝无故意雕饰之迹。“争渡，争渡”重叠使用，反映了作者急于回家的心情。“惊起一滩鸥鹭”，构思精巧，使读者看到那荷花深处，一叶扁舟，鸥鹭群飞，一幅优美的画面，富有浓郁的生活气息。

如梦令

李清照

昨夜雨疏风骤[1]，浓睡不消残酒[2]。试问卷帘人[3]，却道海棠依旧。知否，知否[4]，应是绿肥红瘦[5]。

【注释】

〔1〕雨疏风骤：雨疏疏落落下个不停，风刮得很紧。

〔2〕“浓睡”句：夜里睡得很好，可是酒意还没有全消掉。

〔3〕卷帘人：站在窗口卷帘子的侍女。

〔4〕知否：知道吗？

〔5〕绿肥红瘦：肥是肥大，瘦是稀少。这句话的意思是绿叶更肥大，红花更稀少。

【赏析】

这首小令总共六句话，但作者将自己一夜的经历和对话揉合在一起，构成一幅优美的图画。昨夜雨狂风猛，一夜浓浓的睡意没有消尽酒意，可下文的一个“卷帘人”即点破东方破晓，何等地巧妙。接着以她和卷帘人的对话，描写了侍女的粗心大意和作者惜花的心情。“绿肥红瘦”把春末夏初、风雨过后的景色，刻画得深刻形象。特别是用“肥”“瘦”来形容花卉，更是作者惊人的妙思。

一剪梅

李清照

红藕香残玉簟秋[1]，轻解罗裳[2]，独上兰舟[3]。云中谁寄锦书来[4]？雁字回时[5]，月满西楼。　花自飘零水自流[6]。一种相思[7]，两处闲愁[8]。此情无计可消除，才下眉头[9]，却上心头[10]。

【注释】

〔1〕“红藕”句：红藕，荷花。玉簟指的是精美的席子。秋是凉意。

〔2〕罗裳：丝绸制的裙子。

〔3〕兰舟：船的美称。

〔4〕锦书：锦字回文书，情书。

〔5〕雁字：雁儿成群结队的飞行，有时像“一”字，有时像“人”字，故有此语。

〔6〕自流：空白、独自地流。

〔7〕一种相思：双方彼此都是思念、牵挂的样子。

〔8〕两处闲愁：两边都在为相思发愁。

〔9〕“才下”句：意即皱着的眉头刚刚展开。

〔10〕“却上”句：是说心里头又惦记上了。

【赏析】

这首词是李清照与她的丈夫分别后因思念其而作的。上阕里以荷花香残点明秋日节令，以玉簟已凉说明室内人的感受，既有自然界的苍凉景色，又有肌肤的触感。而下句的“轻解罗裳，独上兰舟”，把作者凄凉独处的现状暗示出来。“云中谁寄锦书来”接“雁字回时，月满西楼”，将一个少妇在月满之时独上西楼，看见雁儿飞回，期望丈夫能够给自己寄一封书信来的情景展现在读者面前。看来这望断天涯的思念，无时无刻不缠绕在作者的心头。下阕“一种相思”句，既写了自己对丈夫的思念，同时仿佛也感觉到了丈夫对词人的思念，正因为两人异地相处，才有深深的愁思无法排遣，这就是“此情无计可消除”。结尾“才下眉头，却上心头”，是脍炙人口的名句，笔法精巧，感情真挚，把作者思念之情刻画得细致入微，因而在艺术上有极大的吸引力。

蝶恋花

李清照

暖日晴风初破冻。柳眼梅腮[1]，已觉春心动[2]。酒意诗情谁与共？泪融残粉花钿重[3]。　乍试夹衫金缕缝[4]。山枕斜欹[5]，枕损钗头凤[6]。独抱浓愁无好梦[7]，夜阑犹剪灯花弄[8]。

【注释】

〔1〕“柳眼”句：柳眼，指早春杨柳初开的叶芽，如同人的睡眼初展。梅腮，指淡红色的梅花如同美人粉红色的面颊。

〔2〕春心：指男女恋情。

〔3〕花钿：用金玉翡翠制成的花朵形首饰。

〔4〕夹衫金缕缝：指用金线缝制成的夹衣。

〔5〕山枕斜欹：古代两端凸起，中间凹下的枕头，因像山一样，故有山枕之称。斜欹，斜倚之意。

〔6〕钗头凤：凤形的金钗。

〔7〕独抱浓愁：心里怀有无限的忧愁。

〔8〕“夜阑”句：夜阑指深夜。灯花指灯芯燃烬结成的花形。弄是摆弄。全句意即在深夜里词人还在剪弄灯花，难以入睡。

【赏析】

杨柳依依，细雨濛濛。在这严冬刚刚过后的春天里，一个情意绵绵的少妇，已经强烈地感受到了春天的气息，内心荡漾着无限的情思。面对大好春光，没有亲人陪伴，只得独自伤心。往日夫妻二人踏青访古、共赏春色的情景又映入脑海，可如今“酒意诗情难与共”，心事沉沉，似乎头上的花钿比平时也重了许多。在下阕里作者以动作起词，说是试试夹衣是否合身，其实重要的是借动作排遣忧愁，可恼人的愁绪还是缭绕在心头。晚上作者也没有心思解衣，头枕凹形的枕头，由于心事重重，辗转反侧，任凭头上的凤钗被损坏。这一段写得真挚细腻，形象生动，准确地表达了作者坐卧不安对亲人深切怀念的情愫。结尾“独抱浓愁无好梦，夜阑犹剪灯花弄”两句含蓄传神，极富感染力，形象地表现了主人公愁苦不堪、销魂荡魄的样子。全词蕴藉而不绮靡，妍婉而不纤巧，将婉约词发展到了极高的程度。

永　遇　乐

李清照

落日镕金〔1〕，暮云合璧〔2〕，人在何处〔3〕？染柳烟浓〔4〕，吹梅笛怨〔5〕，春

意知几许[6]？元宵佳节，融和天气，次第岂无风雨[7]。来相召[8]，香车宝马，谢他酒朋诗侣。　　中州盛日[9]，闺门多暇[10]，记得偏重三五[11]。铺翠冠儿[12]，撚金雪柳[13]，簇带争济楚[14]。如今憔悴，风鬟霜鬓[15]，怕见夜间出去[16]。不如向，帘儿底下，听人笑语。

【注释】

〔1〕“落日”句：夕阳如熔化的黄金，灿烂绚丽。

〔2〕“暮云”句：傍晚的云彩聚和在一起，似美丽的璧玉。合璧，两个半圆形的璧玉合在一起。

〔3〕“人在”句：人，指李清照自己。意即我这是在哪里呢？

〔4〕“染柳”句：暮色下的柳色愈见浓烈。

〔5〕“吹梅”句：笛子吹出《梅花落》曲调。

〔6〕几许：多少，几分。

〔7〕次第：转眼之间。

〔8〕召：邀请。

〔9〕中州：旧时称河南省一带为中州。

〔10〕闺门：贵族妇女。

〔11〕三五：即正月十五元宵节。北宋时，正月十四、十五、十六三夜，京城灯火通宵不灭。

〔12〕铺翠冠儿：古代妇女戴的饰有翠羽的帽子。

〔13〕“撚金”句：金线捻成的丝缕。雪柳，即绢花制成的饰物。

〔14〕济楚：整洁、漂亮的样子。

〔15〕“风鬟”句：风鬟是头发蓬乱的样子。霜鬓，两鬓雪白。

〔16〕怕见：懒得见。

【赏析】

在南宋小朝廷偏安一隅、国破家亡的历史时期，临安城内的元宵节却大肆铺陈，在这种情况下，词人写下了这首情辞凄婉、感情哀艳的名作。全词以一幅色彩绚烂的元宵图渲染节日的气氛，而心情却是另一幅山河破碎、人在何处的悲凉图景。绿柳葱郁的春色与幽怨的笛声，反映出作者内心的矛盾与痛苦。在上阕里起笔两句着力描绘元宵节夕阳的绚丽，对仗工整，辞采艳丽，而下文的“人在何处”却来了个时空大转换，是一声充满迷惘与痛苦的长叹，紧接着的“次第岂无风雨”和对诗酒盛会的推却，就顺理成章了。下阕里以回忆东京元宵节的繁华、热闹，反映当时人们心情愉快与无拘无束。“铺翠冠儿，撚金雪柳，簇带争济楚”几句，写词人在元宵节的晚上，同闺中女伴盛妆打扮，无忧无虑。可“如今”二字将幸福的回忆折断，“如今憔悴，风鬟霜鬓，怕见夜间出去”。历尽国破家倾，夫亡亲逝，词人已是蓬头霜鬓的老妪，晚景凄惨悲凉，词人哪有游玩和赏灯的兴致，只有独坐帘下，孤灯孑影，听着那醉生梦死者的欢歌笑语。这里以乐景衬悲哀，看来国破家亡的苦涩只有自己慢慢咀嚼了。全词情真意切，字字血，声声泪，难怪在作者去世一百余年以后，南宋爱国词人刘辰翁在读此词时尚“为之涕下”。

忆　王　孙

春　词

李重元

萋萋芳草忆王孙[1]，柳外楼高空断魂，杜宇声声不忍闻[2]。欲黄昏，雨打梨花深闭门。

【注释】

〔1〕“萋萋”句：刘安《招隐士》赋：“王孙游兮不归，春草生兮萋萋。”萋萋，草木茂盛的样子。王孙，这里指游子。

〔2〕杜宇：子规鸟，即杜鹃鸟。

【赏析】

李重元作《忆王孙》词有四首，包括春词、夏词、秋词、冬词，此为春词。这首词采用了宋词中常见的“柳外高楼”“芳草斜阳”“梨花带雨”“黄昏杜鹃”

等为景，以写景表达伤春怀人的情绪，那一份情思是通过景物的转换而逐步加深的，开始是千里碧色，萋萋芳草，极目古道，人在何处？接下来是陌头杨柳，柳外高楼，是一种景物的收缩；再就是杜鹃声声，黄昏小院，雨打梨花，闺门紧闭，将古代妇女思念远行在外的丈夫那种内向型的心态表现得尽在联想之中。全词以人去楼空来表达伤春之情，字字沉痛，给人以无限遐想。

齐天乐

和周美成韵

杨无咎

后堂芳树阴阴见，疏蝉又还催晚。燕守朱门，萤粘翠幕，纹蜡啼红慵剪。纱帏半卷，记云弹瑶山〔1〕，粉融珍簟〔2〕。睡起援毫，戏题新句谩盈卷。　　睽离鳞雁顿阻〔3〕，似闻频念我，愁绪无限。瑞鸭香销〔4〕，铜壶漏永〔5〕，谁惜无眠展转。蓬山恨远〔6〕，想月好风清，酒登琴荐。一曲高歌，为谁眉黛敛。

【千秋绝艳图】卷 局部 ［明］ 佚名 中国历史博物院藏

【千秋绝艳图】卷 局部 ［明］ 佚名 中国历史博物馆藏 49－4

【注释】

〔1〕云亸(duǒ)瑶山：亸，下垂。瑶山即枕头。此句意为美发如云，散落在枕头上。

〔2〕珍簟：簟指凉席。指精美的席子。

〔3〕“睽（kuí）离”句：睽离是阔别之意。韩愈有“与子昔睽离，嗟余苦屯剥”。鳞雁、鱼雁，指书信。

〔4〕瑞鸭：宝鸭形的熏香炉。香销，香已燃尽。

〔5〕铜壶漏永：指古代一种计时用的仪器。温庭筠有《鸡鸣埭歌》：“铜壶漏断梦初觉，宝马尘高人未知。”漏永指夜深。

〔6〕蓬山：即蓬莱山，传说中神仙居住的地方。

【赏析】

这是一首情词，在上阕一开头即描写出空寂的环境和一个慵懒的主人公。第二句的“又”透露出主人公的孤单与寂寞。“睡起援毫，戏题新句满盈卷”，一个“戏”字将主人公百无聊赖的思念之情化成了淡淡的忧愁，融入词的行间。下阕里写到鱼雁顿阻，似是情人传书，引起思念无限。到了晚上夜香消尽，静听铜壶漏声，辗转反侧，难以成眠。终末两句，将主人公的思念之情推向高潮：我多么期望在一个月好风清的日子里，你我二人饮酒抚琴，共度良宵。“一曲高歌，为谁眉黛敛”两句长叹一声，留下思绪绵绵。全词构思缜密，语言富丽华美，凝句炼字，其写景之语，富有画意，反映出作者较高的驾驭语言的能力。

念奴娇

席上赋林檎花

曾 觌

群花渐老，向晓来微雨，芳心初拆[1]。拂掠娇红香旖旎[2]，浑欲不胜春色。淡月梨花，新晴繁杏，装点成标格，风光都在，半开深院人寂。 刚要买断东风[3]，鸟栾枝低映，舞茵歌席。记得当时曾共赏，玉人纤手轻摘。醉里妖娆，醒时风韵，比并堪端的[4]。谁知憔悴，对花空凭思忆。

【注释】

〔1〕芳心初拆：这里是说林檎花刚刚开放。拆，放开。

〔2〕旖旎（yǐ nǐ）：柔美、繁盛的样子。

〔3〕买断：在此当愿断解，希望东风停止，不要再刮了。

〔4〕端的：究竟。

【赏析】

咏物言志，是中国传统文学的一大特点，而此词正是借赋林檎来描写男女之间的思念之情和对过去的追忆。

上阕描写林檎花，其开放的时间是“群花渐老”的暮春，其体娇红、妍丽，婀娜多姿；其味清香，正像淡月之下的梨花，乍晴之后的繁杏，装点春色，独成一格。虽然“群花渐老”，但“春色无限”“风光都在”。下阕描写人物的心情，愿买断东风，使鸟恋枝头，花儿低映。下文一个“记”字将时空断开，想当年你我二人共赏林檎花，玉人纤手轻摘，与花儿相映的神态又映入眼底，而“妖娆”“风韵”用“醉”和“醒”来写，将玉人的娇美与柔情写得如痴如醉，令人回味无穷。结尾一句“谁知憔悴，对花空凭思忆”，留下的是无尽的忧愁，语言婉丽动人。

江 城 子

赏 春

朱淑贞

斜风细雨作春寒，对尊前，忆前欢。曾把梨花，寂寞泪阑干[1]。芳草断烟南浦路[2]，和别泪，看青山。　昨宵结得梦夤缘[3]，水云间，悄无言。争奈醒来，愁恨又依然。辗然衾裯空懊恼，天易见，见伊难。

【注释】

〔1〕“曾把”两句：曾把，指手把梨花。全句出自白居易《长恨歌》“玉容寂寞泪阑干，梨花一枝春带雨”，用来描述悲伤痛哭的情景。

〔2〕“芳草”句：典出江淹《别赋》：“春草碧色，春水绿波，送君南浦，伤之如何？”来描述送别时的情景。

〔3〕夤缘：攀附之意。

【赏析】

这首词题曰“赏春”，其实是在伤春。作者用极其深沉的语调，描写了斜风细雨，雨打梨花，送君南浦，泪眼看青山的情景，衬托出自己对当年恋情的追忆与送别恋人时的伤心。下阕以梦中相会、喜悦欢快来开端，可醒来依然是凄寂愁恨，难以忍受的苦楚。最后是在绣衾之中，辗转反侧，懊恼惆怅，发出了“天易见，见伊难”的绝望心声。全词寥寥数语，便将自己少年时恋情的始末概述出来，将在封建礼教压抑下的弱女子追求自由恋爱的呼声倾注笔端。

蝶 恋 花

送 春

朱淑贞

楼外垂杨千万缕，欲系青春〔1〕，少住春还去。犹自风前飘柳絮，随春且看归

何处。　　绿满山川闻杜宇，便做无情，莫也愁人苦。把酒送春春不语，黄昏却下潇潇雨。

【注释】

〔1〕系：指留住、系住之意。

【赏析】

南宋一代惜春之词很多，大多是作者看到春天将去，由此而引发的惋惜之情，景物也不外纷飞的柳絮，哀鸣的杜鹃和沥沥的春雨。而在女词人的笔下，通过丰富的想象和拟人化的手法，就显得别具特色。上阕一开始即以柳条留春留不住，柳絮随风飘扬，寻找春归何处的拟人化形象，把春天描写得生动活泼，暗示光阴易去，人生短暂。下阕以景写人，杜鹃泣血，鸟儿无情，可也知道人的愁苦，叫出了人的悲痛心声。“把酒送春春不语”两句，看起来若无其事，其实“潇潇雨”在黄昏降下，三字已道出了作者凄凄然、茫茫然的满腔心事。全词将春拟人，借以抒发自己的情怀，借垂杨系春、飞絮随春到主人公最后送春，通过有层次的心理变化揭示主题，带有凄婉的情味。

菩萨蛮

咏梅

朱淑贞

湿云不渡溪桥冷[1]，蛾寒初破霜钩影。溪下水声长，一枝和月香。　　人怜花似旧，花不知人瘦。独自倚栏干，夜深花正寒。

【注释】

〔1〕“湿云”句：湿云指带雨的云。此句是说几朵带雨的云笼罩在溪流的桥上，十分清冷。

【赏析】

这首词题曰“咏梅”，实际上是以梅花的高洁来比拟作者不甘流俗、满腔哀愁、无处可诉的情怀。上阕以词人立足在小桥上看到的景物“湿云”“桥冷”“娥寒初破”，写出了一种孤寂、冷艳的气氛。梅树枝头绽开淡淡的梅朵，吐出缕缕的幽香。下阕以拟人的手法写花，一年一度，花开花落，但不知我青春已逝，憔悴消瘦。满腔哀愁，无处可诉，在这寒气逼人的夜晚，独倚栏杆。“夜深花正寒”一句，由花及人，看得出作者凝结在心底的哀愁，已经全然没有希望了。

题目虽为“咏梅”，但全篇未见一“梅”字，而是突出梅花的幽香之气，用嗅觉引出人的视觉，给人以无限的暇想。梅的香气又是傲骨的体现，词人如此描写，可谓高妙。

浣 溪 沙

朱淑贞

玉体金钗一样娇[1]，背灯初解绣裙腰。衾寒枕冷夜香消。　深院重关春寂寂[2]，落花和雨夜迢迢[3]。恨情和梦更无聊。

【注释】

〔1〕娇：娇美。

〔2〕寂寂：冷清、落寞。左思《咏史》诗有：“寂寂扬子宅，门无卿相舆。”

〔3〕迢迢：久长，形容雨夜很长。

【赏析】

这首词是作者孤独和寂寞生活的真实写照。上阕将自己在春夜里背灯解衣，被冷枕寒，熏炉香消，一举一动，一情一景写得十分传神、逼真。看得出作者一人独自伤神，心烦意乱，满腔幽愁，无法排遣。下阕里以深深庭院，寂寞无聊，流水落花，夜雨迢迢来渲染气氛，孤独寂寞之悲愤，使人寸断愁肠。一个“恨”字，将“情”和“梦”对作者的缠绕刻画得淋漓尽致。全词构思巧妙，结构谨严，用语婉丽清新。

点 绛 唇

春 愁

赵 鼎

香冷金炉〔1〕，梦回鸳帐余香嫩〔2〕。更无人问，一枕江南恨。　消瘦休文〔3〕，顿觉春衫褪〔4〕。清明近，薄暮东风紧。

【注释】

〔1〕金炉：金黄色的熏香炉。

〔2〕嫩：娇嫩。在此用来形容余香之幽微。

〔3〕休文：南朝梁时沈约，字休文，是一个多愁多病的才子。

〔4〕春衫褪：褪即宽。指人儿消瘦，衣服觉宽。

【赏析】

这是一首伤春之作，借以抒发自己那一腔无法排遣的忧愁。上阕写梦醒来独自忧愁。金炉香消，但绣着鸳鸯的帐帷之间依然暗香浮动，若有若无，一切都是那么静谧，那么温馨。“更无人问，一枕江南恨”，午梦睡来，欲说梦中故事，可对谁去说。在此作者以“一枕”来修饰“恨”，犹如李清照用“舟”来装载“愁”一样，化抽象为具体，把作者满腔的愁怨化在“一枕”之间，读词至此，始觉作者“伤春”是表面之意，而感叹人生、忧虑世事，才是本意。下阕以南朝时文人沈约自比，以夸张的手法说明自己消瘦的程度，春衫渐宽，人儿憔悴。一个“顿”说明消瘦时间之快、之短，把作者浓烈的惜春之情表现得淋漓尽致。“清明近，薄暮东风紧”，清明即将到来，清明时节多风雨。若再有几场风来，春色还能留下几分呢？一个“紧”既道出了清明时东风的力度，又写出了作者不愿春去的忧愁心情。全词语言通俗，却耐人寻味。

如 梦 令

江上对雨

王之道

一饷凝情无语，手撚梅花何处[1]。倚竹不胜愁，暗想江头归路。东去，东去，短艇淡烟疏雨。

【注释】

〔1〕撚（niǎn）：指用手指持物。

【赏析】

这是一首闺怨词。写一个女子盼望心上人从远方归来的殷切情怀。“一饷凝情无语，手撚梅花何处”，一晌都无言，原来攀折梅花，使人浮想万千。古人有折梅怀人的习惯，所以触景生情。女子思念何人，“倚竹不胜愁，暗想江头归路”，这里是用杜甫《佳人》诗“天寒翠袖薄，日暮倚修竹”的原意，表达了女主人公对丈夫的思念和自己孤独的忧伤。“江头”是丈夫扬帆远去的地方，如今多么期望丈夫能从江头归来。“东去，东去，短艇淡烟疏雨”，通过主人公的回忆，那时候丈夫在一片烟暮迷蒙之中乘舟东去，如今对此依然记忆犹新，难以忘怀。作者在此采用倒叙的方法，既增加了词的内蕴与意境，又将女主人公盼郎归的悲凉心境恰切地表达出来，为全词增色不少。

月照梨花

闺思

陆游

霁景风软[1]，烟江春涨。小阁无人，绣帘半上。花外姊妹相呼，约樗蒲[2]。

修蛾忘了章台样[3]。细思一饷[4]，感事添惆怅。胸酥臂玉消减，拟觅双鱼，倩传书[5]。

【注释】

〔1〕霁景：指雨后天气晴和、万里无云的景象。

〔2〕樗（chū）蒲：古代的一种赌博游戏。

〔3〕修蛾：修饰眉毛。蛾，比喻女子长而美的眉毛。章台样：《汉书·张敞传》载，汉宣帝时，京兆尹张敞“无威仪，时罢朝会，过走马章台街……又为妇（妻子）画眉，长安中传‘张京兆眉怃’（张敞画的眉模样美好。怃，通“妩”，美好）”。此用其典。

〔4〕一饷：一会儿。饷，通“晌”。

〔5〕“拟觅”两句：古乐府《饮马长城窟行》：“客从远方来，遗我双鲤鱼。呼儿烹鲤鱼，中有尺素书。”倩，借助。倩传书，指让鲤鱼替自己传信。

【赏析】

这是一首设想闺中少妇春天思念在外的丈夫的词。开头写景：小雨过后，天气晴朗，春风和暖，迷蒙如烟的江水渐渐上涨。以“风软”描摹春天的微风，既妥帖，又细腻。在这种迷人的春景中，思妇的楼阁映在眼前。只见绣帘半卷，除了思妇再无他人，正在百无聊赖之际，院外传来了伙伴们请她去玩樗蒲游戏的呼唤声。

下阕紧承上文，因应姐妹之约，临走前自然要去修饰打扮一番，这也是少妇爱美的习惯，可是急切之间忘了张敞给其妻所画的那种美好的眉样了。对镜细思之间，心头忽生一种惆怅之情：心上的人儿并不在身边，眉样画得再好，去让谁欣赏呢？怅惘之余，又觉得自己如花的年华白白流逝，犹如自己因思念丈夫而消瘦的身体一样。还是赶快写封信，让心上的人儿早点回来吧。

这首词以美好的春景衬托妇女思念丈夫的真情，写得真切动人，自然如画。有的词论家把陆游词归之于“苏辛”豪放一派，但并不能因此而把他的所有词都当作豪放词来看，事实上陆游的许多词作确实写得细腻真切，婉转动人。

钗头凤

陆游

红酥手〔1〕，黄縢酒〔2〕，满城春色宫墙柳〔3〕。东风恶〔4〕，欢情薄〔5〕。一怀愁绪，几年离索〔6〕，错！错！错！　春如旧，人空瘦，泪痕红浥鲛绡透〔7〕。桃花落，闲池阁。山盟虽在〔8〕，锦书难托〔9〕。莫〔10〕！莫！莫！

【注释】

〔1〕红酥手：红润而白嫩的手。

〔2〕黄縢酒：即黄封酒。一种官酒，以黄纸或黄罗绢封住瓶口，故名。

〔3〕宫墙柳：喻指陆游的原配夫人唐琬。绍兴原为古越王宫殿所在，宋高宗建炎四年（1130 年）至绍兴元年（1131 年）曾将绍兴作为行宫，故此处有“宫墙”之称。

〔4〕东风：春风，春色，可比做慈母，此处暗指陆游之母。

〔5〕欢情：指陆游与唐氏的恩爱感情。

〔6〕离索：离散。

〔7〕红浥（yì）：指泪水和着脸上的胭脂流下，浥，湿润。鲛绡，传说中鲛人（人鱼）织的丝绢。梁朝任昉《述异记》卷上：“南海出鲛绡纱。”此指丝绸一类的手帕。

〔8〕山盟：如山一样不可改移的誓言。

〔9〕锦书：锦字回文书。此指书信。

〔10〕莫：罢了。指无可奈何的感叹。

【赏析】

据南宋陈鹄《西唐集·耆旧续闻》、周密《齐东野语》载，陆游先娶表妹唐琬为妻，二人青梅竹马，伉俪相得，婚后感情一直很好。但陆游的母亲却不喜欢唐琬，逼迫陆游休掉唐氏。陆游只好在外为唐氏置别馆，并时时探望，陆母知后又封了别馆。后唐琬改嫁赵士程，陆游也另娶妻子。一次，陆游春日游绍兴城内的沈园，恰遇唐琬。唐琬便让丈夫赵士程给陆游送来酒菜，并殷勤招待。陆游非常伤感，便在沈园的墙壁上写下了这首传世之作。

词的上阕从沈园与唐琬相见入手，追忆与唐琬被迫分离的痛苦心情。仍是这双熟悉而红润白嫩的手，送来了多么美好的酒，但此时，你已成了他人之妻，在这大好的春色里，犹如那皇宫里面伸出墙外的柳枝，可望而不可即，使我不能像以前那样亲近你了。而造成这种悲惨局面的是我那无情的母亲，是她拆散了我们之间恩爱美好的姻缘，使得我们几年来相互离散。“错、错、错”三字正是这种激愤之情的宣露。

词的下阕则由眼前情景写以后再难见面的痛苦之情。春天的景色依然美好如旧，但你却变得瘦多了。这里的“瘦”，是与词人眼中因几年离异、感情伤痛的“瘦”，是与景物相对应的“瘦”。“桃花落，闲池阁”喻唐琬将离己而去，以后自己将更加寂寞了。“山盟虽在，锦书难托”是说自己对唐氏的感情犹如山石，永远不会改变，但这种感情去向谁诉

说呢？想爱而不能，不爱却又割舍不断，这种复杂感情交织在一起，难以自解，无可奈何之余，只得发出“罢了，罢了”的感慨。

这首词写得感情真挚，声情并茂，是陆词的代表作之一。陆游对唐琬用情之深，还在其他作品中有体现。在鉴湖居住时，陆游曾赋了二首绝句，其一为：“梦断香销四十年，沈园老柳不飞绵。此身行作稽山士，犹吊遗踪一怅然。”另一首为：“城上斜阳画角哀，沈园无复旧池台。伤心桥下春波绿，曾是惊鸿照影来。”唐琬死后，陆游写诗追忆。几篇作品读来，令人无限感慨。

钗头凤

唐琬

世情薄，人情恶，雨送黄昏花易落。晓风干，泪痕残。欲笺心事[1]，独语斜阑[2]。难！难！难！　　人成各，今非昨，病魂常似秋千索。角声寒，夜阑珊[3]。怕人寻问，咽泪装欢。瞒！瞒！瞒！

【注释】

〔1〕欲笺心事：想把心事写在纸上。笺，精美的

纸张，代指书信。

〔2〕斜阑：斜靠在栏杆上。阑，同“栏”。

〔3〕阑珊：将尽。

【赏析】

陆游与唐琬沈园相会后，在沈园墙壁上写下了著名的《钗头凤》词，唐琬悲不自胜，随即和写了这首词。这两首《钗头凤》珠联璧合，广为流传，打动了无数读者的心。

词一起笔便开门见山，紧承陆词“东风恶，欢情薄”两句，言明自己是“世情薄，人情恶”的直接受害者，也是对自己的不公遭遇的强烈控诉。陆母根据《礼记·内则》中“子甚宜其妻，父母不悦，出”的话，强迫陆游休掉唐琬，唐琬对此十分愤慨，“雨送黄昏花易落”暗喻自己被迫与陆游离异，被陆母赶出家门。从那时起，自己就生活在愁苦之中，“晓风”虽然吹干了花草上的露珠，但却吹不干自己那不枯的泪水。唐琬常常内心悲泣，整夜难眠。而要把这种“心事”写下来寄给陆游，却难以完成，只有斜靠栏杆，把“心事”藏在肚子里。这“心事”便是与陆游难舍难分的情思。唐琬既已改嫁，按封建礼法，只有一心一意侍奉新夫，想要表明自己改嫁后还在依恋着陆游的这种复杂感情，又怎么能有呢？真是难！难！难！

下阕进一步写自己与陆游离异后愁苦的凄凉境

况。人已分手，再不能像从前那样你欢我笑、夫妻恩爱了。但灵魂儿还常常像秋千架上的绳索一样，在你我之间飘来荡去。这里以“病魂”比喻自己两地相思的执著与痛苦，更为深沉哀痛，令人不忍卒读。这种凄凉的相思之情，白天还稍稍平淡，可到了晚上，如无形的绳索，赶不去，砍不断，萦绕眼前。“角声寒，夜阑珊”就是对这种苦情的真切描摹。“怕人寻问，咽泪装欢”则更进一层，“人”当指新夫，自己深夜无以成眠，又怕新夫猜问，只得强装笑脸。既有如此执著之苦情，还得强言装欢，还得瞒！瞒！瞒！此情此景，悲何以堪！

这是一曲咏唱爱情的悲歌，在对封建婚姻制度的无情控诉与揭露声中，真切地表露了自己缠绵执著的相思苦情，具有强烈的艺术感染力。

关于这首词的真伪问题，学者多有争议。南宋陈鹄《西唐集·耆旧续闻》只记载唐琬见陆游《钗头凤》之作后，和了一首词，其中有“世清薄，人情恶”之句，但未见全篇，明代《古今词统》中收录了此词，可以认为这首词是后人所补。陆游《钗头凤》一词问世后，影响很大，后人多有附会之作。不管本词是真是伪，词中所描述的那种真切而执著的相思苦情，确实引起了人们的共鸣，其艺术感染力自不待言，应从这个角度来欣赏这首《钗头凤》词。

木兰花慢

张孝祥

送归云去雁，澹寒采满溪楼。正佩解湘腰，钗孤楚鬓[1]，鸾鉴分收[2]。凝情望行处路，但疏烟远树织离忧。只有楼前流水，伴人清泪长流。　霜花夜永逼衾裯[3]，唤谁护衣篝[4]？念粉馆重来，芳尘未扫，争见嬉游[5]。情知闷来殢酒[6]，奈回肠不醉只添愁。脉脉无言竟日，断魂双鹜南州[7]。

【注释】

〔1〕钗：两股笄并为一起，首饰的一种。

〔2〕鸾鉴：饰有鸾鸟图案的梳妆镜。

〔3〕衾裯：寝时覆体之具。衾，大被。裯，帐。

〔4〕衣篝（gōu）：薰衣用的竹薰笼。篝，竹笼。

〔5〕争：犹“怎”。

〔6〕殢（tì）酒：病酒，困酒。此指借酒消愁。

〔7〕鹜（wù）：野鸭。

【赏析】

根据今人考证，张孝祥的两首《木兰花慢》，均为怀念其子张同之的生母李氏之作。金兵南侵时，张孝祥一家南逃，途中与李氏相识，两情依依，同居一处，于高宗绍兴一十七年（1147）生下张同之。后张孝祥不得已与李氏分手，李氏携九岁的儿子回其故乡安徽桐城的浮山学道。不久，张孝祥即作此《木兰花慢》词，寄托情思，怀念李氏。

上阕写与李氏不忍分离的情景。首两句点出时间，“归云”“去雁”喻即将离别的李氏，“澹寒”表明是八月清秋季节，同时烘托气氛，全词的格调由此显得深沉哀婉，不胜悲凉。“正佩解”三句，写惜别时互赠信物的场景：本是两情相依，无奈被迫分手，从此后金钗成单，宝镜分持，再难有相见之日了。李氏含泪而别，竟织成了一片愁网，使人忧伤难禁。而自己的泪水，亦如眼前的流水一般，流个不停。

下阕写对李氏的怀恋。在此霜洒露浓、寒气袭人的夜晚，谁会替自己收拾洗换衣服呢？言下之意，李氏当初对自己关怀备至。走进李氏原来住过的楼馆，依然是李氏在时的样子，依稀可以看到她的音容笑貌，可当时那种无忧无虑的景况今后怎么能再出现呢？回首往事，

使人心情沉郁，只能借酒消愁，但酒愈饮愁愈深。“回肠不醉”写出自己对李氏的深切眷恋之情，最能动人感情，非置身其间，不能写出。在这种情况下，自己难以吐出胸中块垒，只能“脉脉无言竟日”，把一切都化为情思，寄给远方的李氏。“双鹜”化用东汉明帝时叶县令王乔每月初一、十五从叶县上朝，不乘车骑，而乘双凫自东南而至的典故。这里以“鹜”代“凫”，“南州”泛指南部各州。李氏所在的浮山在长江之北，南宋的都城临安（今杭州）及二人分手之处建康（今南京）在其东南，故称。

这首词把作者对李氏的深沉眷恋而被迫分离的感情，写得隐忍含蓄，而情韵绵密，文辞优美，颇受词论家的好评。明代杨慎《词品》评张孝祥词说：“清丽之句，如‘佩解湘腰，钗孤楚鬓’，不可胜载。”此论颇为中肯。

浣溪沙

张孝祥

绝代佳人淑且真[1]，雪为肌骨月为神，烛前花底不胜春。　　倚竹袖长寒卷翠，凌波袜小暗生尘[2]，十分京洛旧家人[3]。

【注释】

〔1〕淑且真：姿容美好而心地善良纯真。真，正，与“邪”相对。

〔2〕凌波：形容女子步履轻盈。

〔3〕京洛：泛指京城。旧家，此指世家大族。

【赏析】

张孝祥是南宋初著名词人，写下了《六州歌头》（长淮望断）、《水调歌头》（雪洗虏尘静）等感慨历史、抨击现实的名篇，后人称其词有“凌云之气”，豪放超迈是其词的主要特点，而张孝祥也写了一些清新小词，这首《浣溪沙》即是其一。

这首词是对一歌女的描摹。上阕写佳人之美好。“淑且真”是说她不但姿容美好，且一言一行都显得心地纯真善良。“雪为肌骨月为神”描写佳人神态，肌肤白腻如雪，神态安详自然犹如满月。如此美好之女子，在春夜之烛下或花丛之前，更显得姿容妙曼而令人怜爱叹惋。

下阕写佳人的舞姿。长袖曼舞，步履轻盈，身材美好，又擅长舞技，一定是从京城世家大族出来的女子。“十分”表示肯定的语气，又含有由衷的赞叹之意。

这首小词写得清新婉丽，一气呵成，采用白描的手法，对歌女的描摹入神如画，简洁之中透出明快。

阮 郎 归

客中见梅

赵长卿

年年为客遍天涯，梦迟归路赊[1]。无端星月浸窗纱，一枝寒影斜。　肠未断，鬓先华，新来瘦转加。角声吹彻《小梅花》，夜长人忆家。

【注释】

〔1〕赊（shē）：长，远。

【赏析】

这是一首抒怀词。首句开宗明义，说自己久居在外，到处漂泊，无以为家。赵长卿为宋宗室，在两宋交际之时，也自然陷于流落丧乱之中。而他的丧乱之感又比常人要深刻得多。以前优游自如，颐指气使，金兵入侵，使他突然间降低到社会底层，狼狈不堪。因此，对赵长卿来说，感触最深的就是“年年为客”，到处流落，过去那种花天酒地的生活则在梦里也难得一见了。一个“赊”字，道出了词人这种孤苦伶仃、凄恻难耐的可怜境况。漫漫长夜，词人辗转反侧，思绪万千。“无端”一词贴合流落之人的心境。这“无端”照进之星光，使得一枝梅花亦映入眼帘。点出“客中见梅”的题目，而且这梅也是“寒”梅，烘托出一种凄寒的气氛，也写出了词人如今形单影只客居他乡的悲凉。

下阕写客居之苦。“肠未断，鬓先华”。词人经年漂泊，心中凄苦，自不待言，连两鬓之发也变得苍白了。且“新来瘦转加”，人也变得更加瘦弱了。想到奔波之苦难得有个尽头，不由得吹起了《小梅花》的曲子。作者因漂泊流浪而见“寒”梅，因见“寒”梅而感叹鬓华，“瘦转加”凄苦之中又吹梅曲，最后又归之于“夜长人忆家”，把怀念过去的豪华生活、感叹目前客居漂泊之苦的心情全然表露了出来。

从南唐后主李煜的词中，感受得到那恰似“一江春水向东流”的亡国愁情；而从赵长卿的词中，感受到的则是丧家流落的悲苦之音。

祝英台近

晚春

辛弃疾

宝钗分[1]，桃叶渡[2]，烟柳暗南浦[3]。怕上层楼[4]，十日九风雨。断肠片片飞红，

都无人管。更谁劝、啼莺声住[5]？　　鬓边觑[6]，试把花卜归朝，才簪又重数。罗帐灯昏，哽咽梦中语：是他春带愁来，春归何处？却不解、带将愁去[7]。

【注释】

〔1〕宝钗分：临别分钗相赠。

〔2〕桃叶渡：晋王献之与妾桃叶离别的地方，在今南京秦淮河与青溪合流处。《隋书·五行志》：“陈时，江南盛歌王献之桃叶之词曰：桃叶复桃叶，渡江不用楫。但度无所苦，我自迎接汝。”

〔3〕南浦：古时送别的地方。《楚辞·九歌·河伯》：“送美人兮南浦。”江淹《别赋》：“送君南浦，伤如之何？”

〔4〕层楼：高楼。

〔5〕更谁劝、啼莺声住：唐金昌绪《春怨》：“打起黄莺儿，莫教枝上啼。啼时惊妾梦，不得到辽西。”此句化用其诗意。

〔6〕觑：窥视，斜视。

〔7〕带将愁去：一本作“和愁将去”。

【赏析】

辛弃疾词的特点之一，就是融会百家，为我所用。这首闺怨词也是如此，信手拈来，用典不露痕迹。

上阕由伤别到伤春。前三句连用典故，都是古人离别时的物事，写思妇与人别离的苦恨。“怕上层楼”是因为登上高楼，就会看见晚春时节，“十日九风雨”使得落红片片。而莺啼不住，预示着春将归去（古人以“莺残”“莺啼残春”，作为晚春的标志之一），谁又劝阻得住呢？此时由伤别到伤春，充满了思妇思人不得，留春不住的惜别伤春之情。

下阕抒写思妇的怀人之情。春将去而人未归，愁苦之际，偶尔看见了鬓边所插的花枝，灵机一动，便想用花瓣的数目来占卜情人的归期，更细腻的是“才簪又重数”，数过一遍把花插在头上后又取下来再数一遍。这里化用晏几道《归田乐》词“试把花期数，便早有感春情绪”词意，妙在词人更深化了一步，把思妇思念情人的痴态和急切之情，描摹得真切感人。这是白天的情景，晚上则“罗帐灯昏”，喻夜之深，影之孤；“哽咽梦中语”，形容情之苦，情之急。末尾写“春带愁来”，但春归在何处？不明白又怎样把愁带去。

这首词写得缠绵悱恻，在辛词中别具一格，深得词论家注目。沈谦《填词杂说》评说：“稼轩词以激扬奋厉为工，至‘宝钗分，桃叶渡’一曲，昵狎温柔，魂销意尽。才人伎俩，真不可测。”辛词多样化的风格由此可见一斑。

鹧 鸪 天

代 人 赋

辛弃疾

晚日寒鸦一片愁，柳塘新绿却温柔。若教眼底无离恨，不信人间有白头。　　肠已断，泪难收，相思重上小红楼。情知已被山遮断，频倚阑干不自由。

【赏析】

这首词题作“代人赋”，至于所代之人是谁，已不得而知了。词的主人公当是早春伤别的思妇。

上阕抒写离恨。在早春的傍晚，寒鸦归栖双居，引发思妇一片愁思，而门前池塘边的柳条也丝丝垂挂，绽发出温情脉脉的绿意。既有如此之春景，自己却要孤清一人，苦守春夜，连那尚能双居的寒鸦也不如。一正一反，对比强烈，思妇怎能不愁怨伤恨呢？思妇怨恨之余，不由得发出“若教眼底无离恨，不信人间有白头”的感慨。自己之所以“白头”，是因为思念离去的情人所致。

下阕写相思。“肠已断，泪难收”写相思之苦、之深，以至于只能清泪长流了。“相思重上小红楼”

有两层含意：其一，“小红楼”是昔日与情人相聚的地方，而现在“重上”这里，是想看情人的遗迹旧物，追怀以往的缠绵情思，以解相思之苦；其二是登高望远，以眺望情人所去的地方。而“情知”情人所去之地遥远，已被青山“遮断”，但还是要“频倚阑干”去望、去想，使得词意更为深长、哀婉。

“代人赋”一类的名称，在文学作品中并不少见，辛弃疾之前的李商隐有《代赠》、苏轼有《少年游·润州代人寄远》，名义上是“代”，而实际上抒发的是作者自己的思想感情。辛弃疾这首“代人赋”也许是作者借以表达他那种壮志难酬的政治情怀。

青　玉　案

元　夕〔1〕

辛弃疾

东风夜放花千树〔2〕，更吹落、星如雨〔3〕。宝马雕车香满路。凤箫声动〔4〕，玉壶光转〔5〕，一夜鱼龙舞〔6〕。　蛾儿雪柳黄金缕〔7〕，笑语盈盈暗香去。众里寻他千百度，蓦然回首〔8〕，那人却在，灯火阑珊处〔9〕。

【注释】

〔1〕元夕：旧时称农历正月十五为上元，上元之夜为元夕，即元宵。

〔2〕花千树：形容灯火之多如千树花开。或指在树上安置灯花，犹如花开的样子。

〔3〕星如雨：形容燃放的焰火之多。

〔4〕凤箫：装饰成凤样的箫。此指民间社火、歌舞。

〔5〕玉壶：比喻月亮。一说指装饰精美的华灯。

〔6〕鱼龙舞：指耍狮子、耍鲤鱼、舞龙灯一类的节日游艺。

〔7〕蛾儿雪柳：指妇人头上戴的饰物。黄金缕，黄金抽成的丝线，指蛾儿、雪柳为金丝饰成。

〔8〕蓦然：忽然。

〔9〕阑珊：零落，将尽。

【赏析】

这首词上阕写元宵之夜的热闹场景。开头一句极妙。元宵之夜，从古到今都是张灯结彩，布置花树，施放焰火，这本是人为之景，而作者却用“东风”一词，使之变得自然化了，形象地描绘出花树、焰火的场面之热闹广大。街市上装饰精美的车马不断，而各种各样的民间社火、歌舞，也在这灯光、月光交相辉映的元宵之夜此起彼伏。“一夜鱼龙舞”形容热闹酣畅之场景。

下阕写寻人。在这熙熙攘攘、热烈酣畅的元宵

之夜，自己所要找的心上人在哪里呢？只见满街市的年轻女子，插戴着饰有金丝的蛾儿、雪柳，欢欢喜喜，来来往往。“盈盈”形容年轻女子的仪态美好。“暗香”指花香，借称年轻的漂亮女子。而如此之多的，在花灯下穿梭往来的女子，都不是自己的心上人，因此，不惜千百遍地寻找。突然间无意向旁一瞥，自己心中的情人却在那灯火稀疏的地方。“众里寻他千百度，蓦然回首，那人却在，灯火阑珊处。”这几句本是词人极写自己心目中的佳人之幽寂、冷落，在热闹的花市间决然寻她不到。这是词人高洁品格的自我写照。《艺蘅馆词选》引梁启超语：“自怜幽独，伤心人别有怀抱。”但这首词的影响却不完全在此，王国维在《人间词话》中论及做学问及人生的三个境界，其一为“昨夜西风凋碧树。独上高楼，望尽天涯路”，其二为“衣带渐宽终不悔，为伊消得人憔悴”，第三个境界即是“众里寻他千百度，蓦然回首，那人却在灯火阑珊处”。这首词不仅是一首咏元宵的佳作，还给后世之人留下了无尽的暇想与思考。

西　江　月

夜行黄沙道中[1]

辛弃疾

明月别枝惊鹊[2]，清风半夜鸣蝉。稻花香里说丰年，听取蛙声一片。　　七八个星天外，两三点雨山前。旧时茅店社林边[3]，路转溪桥忽见[4]。

【注释】

〔1〕黄沙道中：黄沙岭，在信州府（今江西上饶市）上饶之西，有山泉之胜，作者当时经常往来其间。

〔2〕“明月”句：苏轼《次韵蒋颖叔》诗：“月明惊鹊未安枝，一棹飘然影自随。”别枝，意指鸟鹊选枝栖息。

〔3〕社林：土地庙的树林。社，土地庙。

〔4〕见：通“现”。

【赏析】

这首词是作者闲居上饶时所作。既是闲居，时间又长（前后长达二十年），因此总要和当地居民或多或少地进行接触。而作者又甚为关切人民，农家的欢乐疾苦，无疑会显现在他的身心上。一个夏夜，作者又过黄沙道间，沿途的和乐景象一下子使他陶醉了。

词的上阕简洁明了，作者选用了一路所闻所见的几处景致：明月中的惊鹊，半夜随风而来的阵阵蝉鸣及稻香，池塘水田的蛙声，给我们勾画出一幅田园夏夜的风景图。字里行间透出词人祝愿农民粮食获得丰收的思想感情。下阕继续写景。天上的乌云飘到头顶，只能偶然从云缝间看见七八个忽隐忽现的星星；随着云脚，又飘下两三滴清凉的雨点。“天外”言星星在云层之外，方见其高；“山前”是说云脚扫过山头之处，自然落下几滴地形雨。从这犹如夏夜阵雨一样叫人备感清新的句子当中，让我们感受到了词人细腻的笔触。也正因词人沉浸在这夏夜的美好情景之中，所以已走过了平时常经过的“社林”之边才感到熟悉；转过了山路，溪桥已到了眼前才说“忽见”。平时熟识的地理标志，本来未到之前早已心中有数，可词人却连用“旧时”“忽见”几个词，仿佛恍然大悟的样子，把词人留恋田园景色的情致细微地刻画出来。

这首小词勾画出了农村的田园风光，表现了词人陶醉其间的思想感情，让人感受到了一种扑面而来的清新气息。其中“稻花香里说丰年，听取蛙声一片”，写景当中，又以“蛙声一片”形容稻花香所预示的丰年时节的那种热闹场面，构想奇特，为传神之笔。

贺新郎

刘 过

老去相如倦，向文君说、似而今怎生消遣？衣袂京尘曾染处，空有香红尚软。料彼此、魂消肠断。一枕新凉眠客舍，听梧桐、疏雨秋风颤。灯晕冷，记初见。　　楼低不放珠帘卷，晚妆残、翠钿狼藉，泪痕凝面。人道愁来须殢酒〔1〕，无奈愁深酒浅。但寄兴、焦琴纨扇〔2〕。莫鼓琵琶江上曲，怕荻花、枫叶俱凄怨〔3〕。云万叠，寸心远。

【注释】

〔1〕殢酒：病酒，困酒，指沉溺于酒中。

〔2〕焦琴：即焦尾琴。《后汉书·蔡邕传》："吴人有烧桐以爨（烧火做饭）者，邕闻火烈之声，知其良木，因请而裁为琴，果有美音。而其尾犹焦，故时人名曰'焦尾琴'焉。"代指质地优良的琴。纨扇，细绢制成的团扇。古人常在扇上题诗，故此处用作写诗赋词的代称。

〔3〕"莫鼓"二句：白居易《琵琶行》有"枫叶荻花秋瑟瑟"之句，此化用其意。

【千秋绝艳图】卷 局部 ［明］ 佚名 中国历史博物院藏 49－5

【千秋绝艳图】卷 局部 [明] 佚名 中国历史博物院藏 49-5

【赏析】

这首词一题作《怀旧》，词下有跋："壬子（南宋光宗绍熙三年，即 1192 年，作者三十九岁）春，余试牒（选拔举人的考试）四明（今浙江宁波），赋赠老娼，至今天下与禁中皆歌之。江西人来，以为邓南秀词，非也。"当时作者未能考中，落魄之际，遇一半老妓女，同病而怜，甚为相得。后作此词相赠。

词一开始就写自己落第后的烦闷心绪。词人曾多次参加选拔举人的考试，不幸都没被录用，这次依然落选，其失意消沉之情可想而知。因此，不知不觉间走向秦楼楚馆之地，恰遇老妓，又见老妓颇解人意，便情不自禁地诉出自己心中的愁苦。因二人相得，故作者以情投意合的司马相如、卓文君自喻。"倦"字道出了作者的困顿失意之情。"怎生消遣"是作者倾吐胸中烦闷愁苦的呜咽之语，最为伤情。作者回忆起当初曾上都城临安向皇帝进恢复北方之方略的情景，希望会有所作为，谁知竟没有被当政者录用，作者只得到酒馆妓院，消解心中之愁，"空有香红尚软"即指此事。"料彼此、魂消肠断"是自指，也设想老妓感伤自己人老珠黄，穷困清寒，不比当年红极之时

一掷千金的境况了，凄凉伤感，又面对窗外秋风秋雨吹打梧桐的萧条秋景，二人相对无言，望着泛着冷晕的灯盏，不由得心中发“颤”。此情此景，令人哀叹！

下阕承上，写初见面时老妓的情状。“楼低”是说居处之寒伧，“不放珠帘卷”是不想见外人（不放，不让的意思）。“晚妆残”三句，写老妓的凄残景况，词人同病相怜，便与其借酒消愁，怎奈“酒浅愁深”，愈饮愈愁，因而寄意于抚琴和赋诗。“莫鼓”二句，借白居易《琵琶行》的意境而反用之，喻其愁怨凄苦之深沉，以至于不忍听忧怨之曲了！同时作者以“同为天涯沦落人”喻比自己与老妓，也非常贴切。结句“云万叠，寸心远”则抒写词人的胸臆，不同凡响。

小重山令

赋潭州红梅〔1〕

姜　夔

人绕湘皋月坠时〔2〕。斜横花树小、浸愁漪。一春幽事有谁知？东风冷，香远茜裙归〔3〕。　鸥去昔游非。遥怜花可可〔4〕、梦依依。九疑云杳断魂啼〔5〕。相思血，都沁绿筠枝〔6〕。

【注释】

〔1〕潭州：宋代州名，今湖南长沙、株洲、湘潭一带。

〔2〕湘皋：湘江岸边。湘江流经长沙。

〔3〕茜裙：绛色裙。

〔4〕可可：模糊，隐约。

〔5〕九疑：山名。也叫九嶷，在湖南宁远县南。

〔6〕"相思血"句：相传舜死于苍梧，二妃娥皇、女英追至，哭帝，泪染于竹，斑斑如血。筠，指竹。

【赏析】

这首词是见潭州红梅而作。上阕首句"人绕湘皋月坠时"，点出潭州，句中"人"即是作者自己，时在"月坠时"。历代咏梅诗作可谓纷繁，但以宋人林和靖的"疏影横斜水清浅，暗香浮动月黄昏"最为人传诵。白石有自制曲《暗香》《疏影》，可以看出他对林诗之喜爱。词人眼中所见梅花是"斜横花树小、浸愁漪"。这是对林氏"疏影"一句诗的改写，同时又将词人的感情色彩通过"愁"字贯注进去。他为什么会愁呢？他回答说：自己的"一春幽事有谁知？"这表明了他在怀人，那么他又是怀念何人？"东风冷，香远茜裙归"，原来是一位女子，这可能是他的情人。

下阕承接上文，表达自己刻骨铭心的思念。"鸥去昔游非"，鸥是水边常见的鸟，由眼前所见想到伊人也像鸥鸟一般翩然飞逝，词人心中该有多么沉痛。“遥怜花可可”既是在月坠时花枝隐约，又是上阕结句“香远茜裙归”印象的逐渐朦胧，但词人仍然爱怜不置，他的情感像梦一样依依缠绵。他想起了那个著名的传说来：“九疑云杳逝魂啼。相思血，都沁绿筠枝。”自己的相思不也如此强烈吗？运用这个典故，省却了许多笔墨，由娥皇、女英泪洒于竹、斑斑如血之事写红梅，在词人看来，红梅不也是自己相思血染成的吗？

这首词开始突出词人孤愁思念的无以排遣，到结句相思化红梅，终于爆发，但却别出机杼。

点 绛 唇

丁未冬过吴淞作〔1〕

姜 夔

燕雁无心〔2〕，太湖西畔随云去。数峰清苦，商略黄昏雨〔3〕。　第四桥边〔4〕，拟共天随住〔5〕。今何许？凭阑怀古，残柳参差舞。

【注释】

〔1〕丁未冬过吴淞作：宋孝宗淳熙十四年（1187），白石自湖州往苏州见范成大，道经吴淞作此词。吴淞，

又叫松江、松陵，即今吴江。

〔2〕燕雁：自北地飞来之雁。燕，燕地。

〔3〕商略：犹言商量，商讨。

〔4〕第四桥：乾隆《苏州府志》中记载“甘泉桥一名第四桥，以泉品居第四也”。

〔5〕天随：唐代诗人陆龟蒙，号天随子，苏州人，隐居松江甫里。

【赏析】

词人从眼前所见景物起笔。燕雁随着云向太湖西畔飞去，这是下雨前的景象。又由“云”字引出下文中的“黄昏雨”。季节已是冬天，大雁南飞，本能使然。白石说“燕雁无心”，貌似超脱，其实也是不得已，作者用以比喻自己飘零江湖的生活。“数峰清苦，商略黄昏雨”未免太有情，太执著。“苦”是一种味觉，白石用来写岁暮天寒的萧瑟山谷，极为逼真，而且富有意味。“清苦”二字，作者把自己心底的凄凉客思贯注进去，让山峰也有了人的情感色彩。“商略”二字，前人评为“诞妙”，它妙就妙在想象奇绝的拟人手法，把景物写活了。

下阕转而写情。“第四桥边，拟共天随住”不仅点出词序“过吴淞”的意思，而且直抒胸臆，提出“拟共天随住”的想法。陆龟蒙终老布衣，自号“江湖散人”。白石一生不曾仕宦，漂泊江湖，身世遭遇与陆龟蒙很相似，因此他对陆龟蒙非常钦敬。

“今何许？”陡然一转。“凭阑”即是远眺，“怀古”即是伤今，这一句气象阔大。柳舞本来是柔婉的，而“柳”上着“残”字，“舞”上加“参差”，便让人觉得悲壮苍凉。著名词评家陈廷焯非常欣赏结尾三句，他说：“白石长调之妙，冠绝南宋。短章亦有不可及者，如《点绛唇》……一阕，通首只写眼前景物，至结处云：‘今何许？凭阑怀古，残柳参差舞。’感时伤事，只用‘今何许’三字提倡，‘凭阑怀古’下，仅以“残柳’五字咏叹了之，无穷哀感，都在虚处，令读者吊古伤今，不能自止，洵推绝调。”

杏 花 天

清 明

史达祖

软波拖碧蒲芽短，画桥外、花晴柳暖。今年自是清明晚，便觉芳情较懒。 春衫瘦，东风剪剪，过花坞，香吹醉面。归来立马斜阳岸，隔岸歌声一片。

【赏析】

清明在春分后十五日，是古代人上坟祭祖的日子，也是人们去郊外踏青赏春的日子。江南一向春早，

到清明正是春光无限。今年天气虽有变化，春天终究来了。词人站在画桥畔向下看，是春水泛起柔波，如同一条碧绿的长带，河岸蒲草也萌出嫩芽。“软波”从水之形状写春，“拖碧”则与冬日之灰黑作比，从水之颜色写春。凭栏远眺，只见花色鲜丽，杨柳温润。作者用“晴”“暖”二字形容花、柳，直接诉诸读者的感受。“今年自是清明晚”，词人寻芳的兴趣也就不那么强烈了。但词人终究还是去了。他脱掉臃肿的冬衣，换上轻便的春衫。杨柳风吹过，好不惬意。行过一片花坞时，扑面而来的花香使他沉醉。太阳西下时纵马归来，更有一阵歌声被风吹送耳边。

这首词语言朴质简洁。上阕先说自己寻芳之情较淡，下阕全用白描，但喜悦之情溢于言外。

双双燕

咏燕

史达祖

过春社了，度帘幕中间[1]，去年尘冷。差池欲住[2]，试入旧巢相并。还相雕梁藻

井了[3]，又软语，商量不定。飘然快拂花梢，翠尾分开红影。　　芳径，芹泥雨润[4]。爱贴地争飞，竞夸轻俊。红楼归晚，看足柳昏花暝。应自栖香正稳，便忘了、天涯芳信。愁损翠黛双蛾，日日画阑独凭。

【注释】

〔1〕度（duó）：推测，估计。

〔2〕差池：形容燕子摆动双翼和尾羽的样子。

〔3〕相（xiàng）：观察，看。藻井，绘着花纹的天花板。古时有些建筑，在天花板当中开个方形或圆形的洞口，似井，加彩绘图案，故称。

〔4〕芹泥：带草的泥。

【赏析】

这首词是史达祖的咏物名篇。

上阕写燕子初归。时光到了春天社日，词人揣想着燕子又该归来，结果真的飞回了。它们先是有些迟疑地徘徊了一阵，然后在旧巢上停下来，双双紧靠在一起。“欲住”二字甚妙，写出了燕子初回旧地的生怯。燕子打量着天花板，“又软语，商量不定”，这一句极为传神。词人赋予燕子以人性，也就是灵性；既是鸟通人情，更是人知鸟性。一转眼，却见燕子飞出去，极为轻捷地掠过花树枝头，深绿色的尾翼把枝头红影蓦地剪开。燕子飞行本领之高超于此可见。

下阕写燕子之乐与思妇之愁。花间小径上，春草初生，泥土沁润。快活的燕子贴地飞行，你追我赶，相互比谁最轻灵。词人用“芹泥”二字暗示着燕子既玩耍也衔泥补巢。它们玩了一整天。繁花绿柳看了个够，直到黄昏降临。“柳昏花暝”极为精炼，“看足”极富动感，简练地写出天色正晚，又暗示燕子玩了一整天，一归巢，燕子就沉沉睡去，完全忘却了天涯游子托的书信。“应自栖香”句真如天外飞来之神笔，充分体现了作者独具匠心。结句则写托书人的妻子，双眉都愁皱了，她天天倚栏，痴痴地等待着“天涯芳信”。表面虽似在怨燕子，事实上却传达了春草又绿而王孙不归的怨怀。由燕到人，转换得自然而巧妙。

临 江 仙

闺 思

史达祖

愁与西风有约，年年同赴清秋。旧游帘幕记扬州。一灯人著梦，双燕月当楼。　罗带鸳鸯尘暗澹，更须整顿风流。天涯万一见温柔。瘦应因此瘦，羞亦为郎羞。

【赏析】

自从宋玉发出“悲哉秋之为气也”的慨叹，秋便与愁联系在一起。千载而后的文人仍然如此。只不过引发各人悲怀的具体原因不同罢了。

一开头，作者就说“愁与西风有约”，要不然它们为什么会“年年同赴清秋”呢？人在情绪低落的时候最容易忆起往事。词人想起了当年游历扬州时所结识的女子。自别后，二人何曾再聚首？他想象着在静寂的深夜，孤灯独明，她正在做着团圆梦，而窗外却一轮月满，燕子双栖。作者以自然界的圆满反衬人的孤单，凄楚之情虽未明说却感人至深。

下阕作者继续想象着。尘土使她罗带上绣的鸳鸯图案变得暗淡无光了，可见她很久就无心修饰自己了。古语说：“女为悦己者容。”因此从“鸳鸯尘暗淡”可以看出她对他的痴情。虽然音讯杳然，她还是心中抱有一线希望：他说不定哪一天会突然回来。正是这种万里盼郎归的急切渴望使她消瘦，同时也替久不归来的游子感到羞愧：他是男子，却忍心丢下她一个人孤单单地苦熬日子！

此词写得较为工巧。“一灯人著梦”及“瘦应因此瘦”两句看似平常却经过锤炼，不是信口可说出者。表现思妇之愁苦也没有直说，而是通过人缺月圆燕成双以及尘暗鸳鸯带，从侧面暗示烘托，颇有含蓄蕴藉之致。

玲珑四犯

史达祖

雨入愁边，翠树晚，无人风叶如剪。竹尾通凉，却怕小帘低卷。孤坐便怯诗悭，念后赏、旧曾题遍。更暗尘，偷锁鸾影，心事屡羞团扇。　卖花门馆生秋草，怅弓弯，几时重见。前欢尽属风流梦，天共朱楼远。闻道秀骨病多，难自任，从来恩怨。料也和、前度金笼鹦鹉，说人情浅。

【赏析】

这首词写别后情人的凄苦与无奈。

盛夏的一个傍晚，一阵急雨使本来就忧愁的女主人公更加愁闷。静悄悄的，没有人陪伴她，只有枝头的绿叶在风中自在摇曳。开头便交代时间和环境。下雨时，屋中反倒郁闷，她明知屋前的一片竹子能产生凉气，却不敢卷起小帘。因为竹子生机正盛，翠色欲滴，而自己却红颜愁损，两相对照该多么难堪！一人枯坐，诗情也悭吝得不来光顾，而当年，他们在一起时，题了多少诗！更难堪的是，细尘不知不觉地把当年象征夫妻永聚的鸾凤图案遮掩住了。

从这里可以看出夫妻分别是多么久，而女主人公的思念又多么执著。她想象着夫妻重聚时的情景，想到热烈处不禁满面飞红，虽然旁边无人，还是赶紧用团扇遮住脸颊。

上阕细致地写出了闺妇的孤苦思恋，那么天涯游子的心又该如何呢？“卖花门馆生秋草”，可见一年韶光又将尽。望着天边一弯月亮，他满心惆怅。何时能再相见，他也没有把握。从前的欢爱好像一场梦，而现在那女子住的彩楼远在天边，他又如何能够轻易地回到她身边呢？有消息说她常生病，他清楚她生病的原因，即他们之间的恩恩怨怨。他推测，她一定在对鹦鹉诉说他的感情太浅。是他感情太浅吗？当然不是的。可他又怎么能将自己的苦衷跟她讲清楚呢？这最后一句包含着多少凄楚与无可奈何！

古代交通不发达，男子离乡求取功名，妇女在家独居。往往新婚燕尔，便不得不洒泪分离，再相见又不知要到什么时候，所以文学中写离愁别恨的作品便特别多。闺妇们往往抱怨男子寡情，其实男子也有苦衷，这首词即写此。

江 城 子

代 作

高观国

绿丛篱菊点娇黄，过重阳，转愁伤。风急天高，归雁不成行。此去郎边知近远，秋水阔，碧天长。　郎心如妾妾如郎，两离肠，一思量。春到春愁，秋色亦凄凉。近得新词知怨妾，无处诉，泣兰房。

【赏析】

这首“代作”词，以闺妇的口吻抒发对游子的思恋。

思妇的目光落在篱边，一丛细竹犹是翠绿，初绽的菊花被衬托得非常娇美。季节已到暮秋，菊花又能开放多久？敏感的女主人公心情不免“转愁伤”。她抬头仰望，却见“风急天高，归雁不成行”。古代人传说可以系书雁足传给远方亲人，李清照就有“云中谁寄锦书来？雁字回时，月满西楼”的词句。当时交通不发达，书信往来很费时间，人们便以为是“秋水阔，碧天长”，路途遥远之故。上阕最后一韵由晏殊《蝶恋花》“欲寄彩笺兼尺素，山长水阔知何处”变来，只是语气更急促直率。

外有旷夫，内有怨女，他们的离愁别恨相同，因此下阕便说："郎心如妾妾如郎，两离肠，一思量。"晋代作家江淹说出了多少离人的感受："黯然消魂者，唯别而已矣！"恨别之情最易产生，也最强烈。闺妇的感觉正是这样。她"春到春愁，秋色亦凄凉"。等了很久，终于收到了丈夫的书信，里面却是责怪她，她的委屈无处诉说，只有去花房对兰低泣，让幽雅高洁的兰花作证了。

这首词模拟思妇的口吻，抒情朴直诚挚，成功地写出了闺妇对丈夫的强烈思念以及有苦难言的委屈心情。

西　江　月

卢祖皋

燕掠晴丝袅袅[1]，鱼吹水叶粼粼。禁街微雨洒香尘，寒食清明相近。　漫著宫罗试暖，闲呼社酒酬春。晚风帘幕悄无人，二十四番花讯[2]。

【注释】

〔1〕晴丝：虫类所吐的丝，常飞扬空中，通称游丝，也叫晴丝。

〔2〕二十四番花讯：由小寒到谷雨共八个节气，

一百二十日，每五日为一候，计二十四候，每一候应一花讯。

【赏析】

古代作家往往多愁善感，发而为诗词，其中也充满哀叹，因此这首词所表露出来的淡雅欣喜自然让我们感到新鲜。

春寒已经消退，人们出去踏春。满目春色，词人却只描绘了两样："燕掠晴丝袅袅，鱼吹水叶粼粼。"多么富有生机和情趣！这两句对仗工整，从中也可见出词人观察之细致。春天空气干燥，风吹过，人马踏过，都会扬起尘土，又因空气中弥漫着花香，尘土也有了香味，所以词人称为"香尘"。一阵微雨轻洒落，空气又变得非常清爽洁净，词人的欣喜之情便可想而知。

下阕转而写春天里人们的欢快。女人们翻出了在箱箧中压了许久的轻罗衫，男人们则呼朋唤友去饮酒酬春。"漫著'、"闲呼"两句白描，抓住了特征，准确生动地写出春来后人们的特有举动，而快乐从中流溢出来。第三句说傍晚"悄无人"，原来是人们出去游玩，流连忘返。只有吹面不寒的杨柳风轻轻拂动帘幕。词人立即补白一句：这不是风，而是报告二十四番花开的花讯呢！这个结尾很妙，有着丰富的潜台词。一般词人都感叹春天短暂易逝，这里用"二十四番花讯"便给人以春天很长的感觉，而且一番花落，又有一番花开，词人的欢快便很自然地表现出来。

括满江红

林正大

为忆当时，沉醉里、青楼弄日。闲想像、绣纬珠箔，魂飞心折。羞向姮娥谈旧事，几经三五盈还缺。望翠眉、蝉鬓一天涯，伤离别。　寻作梦，巫云结[1]。流别泪，湘江咽[2]。对花深两岸，忽添悲切。试与含愁弹绿绮[3]，知音不遇弦空绝[4]。忽窗前，一夜寄相思，梅花发。

【注释】

〔1〕巫云：《文选》中有宋玉《高唐赋》记楚王梦与神女欢会，神女辞别时说："妾在巫山之阳，高丘之阴。旦为朝云，暮为行雨。"后来以此指男女欢会。

〔2〕湘江咽：晋张华《博物志》："尧之二女，舜之二妃，曰湘夫人。舜崩，二妃啼，以涕挥竹，竹尽斑。"又明王象晋《群芳谱》说："世传二妃将沉湘水，望苍梧而泣。"

〔3〕绿绮：琴名。西汉司马相如弹琴而卓文君心

动，二人结为夫妇。

〔4〕知音：《吕氏春秋》记伯牙善鼓琴，钟子期善听琴，钟子期死，伯牙破琴绝弦，终身不复鼓琴。后世因谓知己为知音。

【赏析】

这首词是对玉川子《有所思》的改写，抒发别后对美人的热切思念。

上阕是对过去爱情的回忆和别后难聚的感伤。又见一轮月满，流落异地的文人不禁回想起当日饮酒半酣，二人并立窗前赏月的情景。他们在一起的日子多么快活！因此一想到她居室的美丽装饰，他便“魂飞心折”了。明月几回圆缺，而今他一人独对，简直都有些怕提旧事。往日的欢爱只会使人倍觉现在的孤凄难忍。明月满天，远方的人会与自己“千里共婵娟”吗？他不清楚，充满心中的只有离愁别恨。

下阕写自己的深愁无以排遣。身无彩凤之双翼，不能飞回爱人身边，就只好寻求梦里相会，但巫山云雨梦难成。心痛泪落，连那曾目睹娥皇、女英之哭的湘江也为他呜咽。由这夸张之语可见他爱恋之深。两岸江花红胜火，一片勃勃生机，未能使他愉快起来，反倒增添了他的悲切。想效司马相如弹琴，弦

都弹断了还是看不见自己的知音，他的悲愁简直无法排遣了。到此为止，述说的一直是自己的深切思恋。她是不是也在思念自己，他不知道，一夜的辗转无眠，到清晨有一股暗香袭来，抬头却见一枝梅花正开窗前。他又惊又疑：这便是她么？结尾一句，笔法、情感都陡转，颇有柳暗花明的效果。

南　乡　子

洪咨夔

风雨过芳晨，多少愁红恨紫尘。两点眉尖凝远碧，纷纷，又被杨花误一春！　金凤压娇云，睡起纱窗背欠伸。心事欲言言不尽，沉沉，乳燕雏莺触拨人。

【赏析】

暮春时节，一夜的风风雨雨，清晨起来会有多少娇红零落在泥泞里！风雨落花是自然界里很平常的现象，但在一个独守空闺的敏感少妇眼中，萎落的不是花，而是自己美丽的青春！这怎会不使她触目惊心？因而她认为落花满怀忧愁，怨恨自己委弃尘土的命运。这种感觉正是她移情于花的结果。凝眸远眺，花纷纷飘落。这里用“纷纷”二字，写出了落花之多。闺妇的复杂心理活动略而不说，给读者留下想象的余地。她心中千头万绪，一声长叹脱口而出："又被杨花误一春！"表面上是抱怨杨花，实际上却是责怪那杨花一般薄情的郎君。青春一去不会回来，他竟然忍心让自己光阴虚度，整日里独守空闺，形影相吊。

下阕写她起床梳洗，她装束得很美，金凤钗插在娇云一样的柔发上。女为悦己者容，她打扮又是为谁呢？心中烦忧，夜里频醒，因此到天明她仍然慵倦不堪。开头两句纯用白描，但人物心理却分明可感。下来说她"心事欲言言不尽"，为什么呢？"沉沉"，也就是心事太多太深，反倒无从说起。更难堪的是窗外乳燕双飞，雏莺偕翔，怎不让人倍觉孤凄呢？

这首词以白描见长，用语简练而蕴藉，有韵外之致。

少 年 游

方千里

东风无力飏轻丝，芳草雨余姿。浅绿还池，轻黄归柳，老去愿春迟。　栏干凭暖慵回首，闲把小花枝。怯酒情怀，恼人天气，消瘦有谁知？

【赏析】

上阕一开始就描写常见的游丝："东风无力飏轻丝。""东风无力"是说春风非常轻柔和煦，似乎连细细的游丝也不能吹动，一场春雨后，芳草生出绿芽，只见"浅绿还池，轻黄归柳"，大有绿满天涯之势。词人用了"还"和"归"两个动词，似乎绿色是出远门的人，又回到家来。到此为止，词中一直洋溢着一股轻快的情绪。作者却出人意料地以"老去愿春迟"一句结束上阕，不免让人诧异。细想一下，春天或已回归，而人的年华却如流水一去永不回头，因此他的心情便可以理解了，而且"还"、"归"也为这种感情陡转做好了铺垫。

下阕写词人的情怀。他凭依栏杆，想让春阳驱走寒意。他说自己"慵回首"，其实是怕回首。回首前事，只会增加伤感，不回首不过是想逃避心中的伤感。"闲把小花枝"表面上看很幽雅闲适，其实更多的是一种无可奈何。精神的委顿使他见酒生怯，从今日的怯酒可以想见他往昔的豪饮。春天里阴晴无定的天气也让他恼恨，而当年可能是对此全不在意的。更难堪的是由于老病而日见消瘦，但又有谁知晓呢？词人的孤苦凄凉由此可见。

这首词先制造了快乐的春天的印象，随后以一句陡转将幻影戳破，让人知道他的真正感受。在下阕对今日情状的描绘中又暗寓了今昔对比，非常含蓄。

满 江 红

岳 珂

小院深深，悄镇日、阴晴无据。春未足，闺愁难寄，琴心谁与[1]？曲径穿花寻蛱蝶，虚栏傍月教鹦鹉。笑十三、杨柳女儿腰，东风舞。 云外月，风前絮；情与恨，长如许。想绮窗今夜，为谁凝伫？洛浦梦回留佩客[2]，秦楼声断吹箫侣[3]。正黄昏时候，杏花寒，帘纤雨。

【注释】

〔1〕琴心：西汉司马相如用弹琴传达心意，向卓文君求爱，世称“琴心”。后以指表达爱情。

〔2〕洛浦留佩客：指曹植，他在《洛神赋》中备述洛水女神之美，说“余情悦其淑美兮”，“解玉佩以要之”。

〔3〕秦楼吹箫侣：古代传说箫史善吹箫，能以箫作鸾凤之音。秦穆公女弄玉．也好吹箫．穆公将她嫁给萧史，并筑凤台给他们住。数年后，弄玉乘凤，萧史乘龙，升天而去。

【赏析】

这首词写闺妇幽独无依的怨情。

上阕写思妇愁难遣。她住在深深的庭院中，整天静悄悄的。这是通过环境描写来表现她的孤寂。她的心情则如初春的天气一样阴晴无定，这个比喻非常形象地表现出了抽象的心境。春意未浓，大雁不归，自己的一片深情寄托给谁呢？这又表现了她的百无聊赖，于是她只好去花间小径上追捕蝴蝶，或者在栏杆边教那鹦鹉说话来打破这死一般的静寂。因此当她看到柔弱的杨柳在风中摇曳生姿，婀娜得就像十三岁少女的细腰，不禁有些哑然失笑：你们初解风情，满怀热望，到头来也会和我一样有苦难言了。在一刹那的直觉里，思妇把杨柳与少女两种形象合而为一了。以上通过对动作、表情的描画把闺妇的复杂心情写出来。

下阕是词人对此的感慨与评论。他先干练地推出两个意象，“云外月，风前絮”，这是写景么？作者紧接说：“情与恨，长如许。”这样我们就得把它们连起来理解。云后的月亮，时掩时出；风中的柳絮，有时飘然若飞，有时又被游丝纠缠。爱与恨不也常常如此吗？

有时恨，有时爱；爱愈深，恨愈深，反之亦然。两相交织，真是剪不断，理还乱。这是词人油然而生的感叹。下来他推想：今夜里，她辗转无眠，只好伫立窗前望月，却是为谁呢？随后他自己答道：是梦想那如留玉佩给洛神的曹子建般深情的郎君吧，是梦想着有朝一日夫妻团圆，便如那吹箫的仙侣萧史、弄玉一样快活吧。梦想使人神驰，但现在的孤寂却要一分一秒地捱。在那幽深的小院，这时候正是黄昏，暮寒笼罩着娇弱的杏花，细雨飘洒在帘栊上，全词到此嘎然而止，干净利落。而这最后的意象却成了新的开始，引人进一步去想象和体味。

菩 萨 蛮

黄 机

相思绕遍天涯路，相思不识行人处。多病怕逢春，那堪春正深。　日高梳洗懒，鸾镜香尘掩。双鬓绿蓬松，一帘花信风。

【赏析】

一摊开这首词，便有几声强烈的喟叹传到我们的耳鼓，“相思绕遍天涯路”，情感是那么浓烈，抒情又是那么率真，让人不免讶异。相思这种抽象的心理活动，似乎变成了有情的青鸟，急速地飞遍天涯异路，但仍然找不到远行人今在何处。人多愁也就多病，多病更添烦忧。这种心情是怕见春光的。令人难堪的是现在春花正盛，春已过半，而自己却是青春空度，怎不惆怅！

上阕一声声深沉的感慨，使人们感动不已。犹如中国传统戏剧中，有些角色尚未出场，声音已从幕后传出。下阕幕布徐徐拉开，闺妇终于出台亮相。太阳已经升高，她却无心梳洗打扮，那明洁的铜镜也因为不常擦拭而落满细尘，平日她最精心收拾的头发也是蓬乱着，这些既是对思妇形态的描绘，又是对上阕心理描写的补充。一阵风吹过，花香透过竹帘弥漫屋中，传达了花开的消息。花且有信，人呢？

这首词虽然短小，艺术上却相当讲究。上阕是直接的呼告，以声动人；下阕则是情态的描绘，以形动人。而深情却流露于字里行间。上阕几乎把话说尽，不留余地，下阕纯用白描，让人仔细品味。

临江仙

黄机

寒食清明都过了，客中无计留春。东风吹雨更愁人。系船芳草岸，始信是官身。　怅

望故园烟水阔，几时匹马骎骎[1]？别肠何止似车轮！殢天天不管[2]，转作两眉颦。

【注释】

〔1〕骎骎（qīn）：形容马跑得很快的样子。

〔2〕殢（tì）：引逗，烦扰。

【赏析】

这首词是作者在异地任职时，因春来而生故园情时所作。

开头便指出了词作的时间，“寒食清明都过了”，春天很快就要归去。下一句说“客中”，道出了他是身在异乡。从“无计留春”，可以知道词人千方百计想留住春归的脚步，终于无可奈何地眼看着春天一步步远去，作者的惜春之情可以想见。东风吹雨，枝头上花落得更多，春天也就归去更疾，因此风雨更给词人添愁。他多想追上春天的脚步，一只行舟就系在岸边，待到要解缆绳时才想到自己竟是“官身”，身不由己，随后而来的失望和伤感，作者没有说，留待读者想象。

下阕写词人思归而不得。我们读过许多闺怨之作，思妇们总是抱怨游子不归。难道他们忘记了家

乡和家中的亲人吗？这首词让我们知道了他们是欲归而不能。异地和故园之隔山长水阔，目力难及，词人怅望不已。他多盼望有朝一日能快马加鞭返回故乡！闺中少妇不解游子苦衷，抱怨他们心硬情薄，其实不然，古诗云：“愁肠如车轮，一日千百转。”词人说自己“别肠何止似车轮”，意思更进一步。欲归不能，他只好求助于天，但“天意从来高难问”，根本不管这样的事，这时，男儿不禁也要“转作两眉颦”了。

这首词写出了游子思归而不得的无奈与伤感，着意突出了内心愿望与外界环境的矛盾，使人产生同情。

生 查 子

元夕戏陈敬叟〔1〕

刘克庄

繁灯夺霁华〔2〕，戏鼓侵明发〔3〕。物色旧时同，情味中年别。　浅画镜中眉，深拜楼西月。人散市声收，渐入愁时节。

【注释】

〔1〕陈敬叟：陈以庄，号月溪，建安人。刘克庄诗文之友。

〔2〕霁华：月光皎洁。

〔3〕明发：天发明，即天亮。

【赏析】

这是一首游戏之作，因陈敬叟与作者很熟悉，他自然不会把戏语当真。

写词的时间是元夕，即元宵。旧俗此夜张灯为戏，满城人皆上街游玩，非常热闹。

作者一开始先描绘了元夕的纷繁热闹。三五月圆，可是辉煌灿烂的灯火却使明亮的月光黯然失色，也就是“花市灯如昼”，那时缓时急的戏鼓直到清晨还在不停地敲打着，可见市人游赏了一个通宵。这种情景年年都有，今年与以往一样，也就是“物色旧时同”，而“情味中年别”，不同的却是年岁渐长，已到中年，感受自然不比少年。

是谁在发这样的感慨？下阕把人渐渐推出：她对镜浅浅地画了眉，又对着已经偏西的月亮深拜了几下，希望它下落得慢一些。月亮终于西沉，天也渐渐地高了，观灯看戏的人都散去，街市上也渐渐静寂下来。忧愁却从女主人公心头慢慢生发出来。她是担心这一年里再难见情人，还是想到从此又要在寂寞深闺中度日？作者隐去这些，留待读者想象。

刘克庄向以豪语见长，这首词却写得清隽婉曲，绘景写情。

南柯子

严 仁

柳陌通云径，琼梳启翠楼。桃花纸薄渍冰油[1]。记得年时诗句，为君留。　　晓绿千层出，春红一半休。门前溪水泛花流，流到西州犹是[2]、故家愁。

【注释】

〔1〕桃花纸：纸名。一用以糊窗，涂以水油，透明度较好。一作笺纸。这里当用前意。“冰油”或是“水油”之笔误，或形容水油之清亮。

〔2〕西州：地名。晋宋间扬州刺史治所，以其在台城西，故称。这里指丈夫远行的地方。

【赏析】

这首词也写闺愁，但偏重于思念。

上阕一开始便是远景描写：垂柳依依的田间小径与大路相连，大路又向前延伸，无穷无尽，似乎直通向天边的云中去。“云径”一词充分写出了道路的杳渺漫长。是谁的眼睛看到这般景象？原来是一个美丽的女子站在绿树掩映的楼上，当窗梳妆。窗用桃花纸糊，并且涂以水油，因此很透明。清晨她随着第一缕晨曦醒来，每当她梳洗打扮时，很自然地想起爱她、欣赏她的丈夫来。他已经离家有年，自己又有多少离情别恨要对他说。一首首诗就是自己深情的记录，等到有朝一日丈夫归来，她让他细细地读，知道自己有多么爱他，多么想他。

一场春雨过后，绿叶更加纷繁，红花却落了不少。“晓绿千层出，春红一半休”，对仗工整却不板滞，巧妙地描绘出了春雨后“绿肥红瘦”的自然界变化。春雨虽然不大，却也使门前的溪水上涨，万千落花在水中漂浮。思妇会因之叹息自己青春的流逝吗？作者没有说。一去不回头的小溪要流向何处？它要流到西州，那是她心上人所在的地方。从这故乡春水，他定然是可以感受到妻子的柔情、忧愁和盼归之心。

像大部分的闺愁作品一样，这首词也是从思妇的角度写的，使它没有一意渲染愁怨，而是透过闺愁写出二人之深情，可以说是别开生面。

减字木兰花

淮上女

淮山隐隐，千里云峰千里恨。淮水悠悠，万顷烟波万顷愁。　　山长水远，遮住行人东望眼。恨旧愁新，有泪无言对晚春。

【赏析】

初读这首词，我们以为这也是一首闺妇春愁词，但这首词的创作来历却使我们不能把它看成一般的春愁，它是借春思抒写作者的家国之恨。

南宋王朝偏安一隅，摇摇欲坠，战乱频繁，生灵涂炭。据《续夷坚志》卷四记载，金宣宗兴定末年（1222年左右），金军南侵，军士掠夺淮上良家妇女，此词作者“淮上女”即为其中之一，经过泗州，词作者悲愤交加，题词于壁上。这首词写山水，写愁情，更加凄婉动人，读之令人哀叹。

上阕开头说“淮山隐隐”，可见她和其他人被驱北去，不断地走，离故乡越来越远了，也可见她是一步一回头，对故园留恋不舍，她心头的痛苦不言自明。恨满心头，再也不能自已，所以“千里云峰千里恨”一句便脱口而出。脚下宽阔的淮水悠悠东去，流水本无情，但在这个满腹愁恨的女子眼里，却是“万顷烟波万顷愁”！

下阕“山长水远”四字，意味着又走了很久，连隐隐淮山和悠悠淮水也从视野中消失了。“遮住行人东望眼”是说她还想翘首回顾家园，视线却被遮住。她心中的最后一点安慰也没有了。“行人”通常指在外面奔波的男子，现在她也成了“行人”，却是被迫的，而且，她的命运比“行人”更惨：他们有朝一日还可以回家，自己呢，恐怕是永远难归了。境况如此，她更多地忧虑未来的命运，所以说“恨旧愁新”，眼前是一片晚春的衰败景象，自己的命运只会比雨打风吹萎弃于地的落花更坏。想到此，眼泪不禁流下来，但她却一句话也说不出。

这首词交织着一个年轻女子的血和泪。从这个弱不禁风的女子身上，我们看到了南宋将亡、百姓流离失所的命运，令人为之动容。

青 玉 案

吴 潜

黄昏先自无情绪，更几阵、风和雨。闲把楼头更点数。挑残灯烬，装成香缕，此际凭谁诉？　　新词旧曲歌还住，欲说相思渺无处。围定寒炉人不语。暗蛩啾唧，征鸿嘹唳，憔悴都如许。

【赏析】

这首词写相思。

情人远别，自己意兴萧索，到傍晚时情绪更坏。

李商隐诗云“向晚意不适”，这首词第一句“黄昏先自无情绪”，含义有差异。他说自己本来就情绪低落，并不是黄昏时才产生的，但黄昏无疑加深了他的不愉快情绪，更不用说还有几阵凄风、几阵苦雨了。不能去散心，只好点数视野中的幢幢高楼。一个“闲”字把词人的无聊心情刻画出来。已到夜深人静，自己却是耿耿难眠，一遍遍地挑灯花。从“挑残灯烬，装成香缕”中可以看出他的一往情深。这种深情“此际凭谁诉”呢？其实这正是他“无情绪”的原因。

新词旧曲有那么多曾经喜欢的，但现在想咏歌又打不起精神，因为这些词曲尽是诉说相思之情，而自己所思念的人却杳渺难见。自己虽有满怀情思，对方却难以知晓。相思太苦！夜阑寒生，自己围在小炉旁一句话也不想说。躲在屋角的秋虫有气无力地鸣叫着，尚未南飞的大雁声音清亮而凄切。作者说，它们与我一样，“憔悴都如许”！因为自己满腹忧愁，便说一切事物都与自己一样含愁，这即是“物皆著我之色彩”，可以从中看出词人的忧、愁之深。

【千秋绝艳图】卷 局部 ［明］佚名 中国历史博物院藏 49－6

【千秋绝艳图】卷 局部 [明] 佚名 中国历史博物院藏 49－6

南 柯 子

吴 潜

池水凝新碧，阑花驻老红。有人独立画桥东，手把一枝杨柳、系春风。　　鹊绊游丝坠，蜂拈落蕊空。秋千庭院小帘栊，多少闲情闲绪、雨声中。

【赏析】

这首词给我们描绘了一幅闲雅的庭春图。

作者首先把视线对着庭园里的一池春水。因为空气折射和周围绿草萌发的关系，池水呈现深绿色。作者用“新碧”来形容。“碧”已使人领略了春色，“新”字更使人产生了天地焕然一新的感觉。动词“凝”字则好像水已固结为碧绿的翡翠，从中可见出春意之浓。

接着转向对阑干边的红花的观察。阑干是漆成深红色的，所以称为“老红”。旁边的几树红花的映衬，使得在日晒雨淋下颜色逐渐暗淡的阑干又鲜亮起来。从“阑花驻老红”可以看出作者观察之细微。我们再随着作者的目光，便看见“有人独立画桥东”。女主人公在干什么呢？作者慢慢说道：“手把一枝杨柳、系春风。”春风如何能系？她又为何要系春风？

她的这一举动引起了我们的猜测。

作者并不直接回答，而是一笔荡开，写道："鹊绊游丝坠，蜂拈落蕊空。"游丝之细居然可以把喜鹊绊倒，这是夸张，写游丝之多且韧。蜜蜂满怀希望去采花，却扑了个空，可见又到了春意阑珊时。这样，我们就对系春风的原因知道了一点。作者又指给我们看，秋千随着风轻拂，并无人游戏；帘栊不开，似乎无人。最后他轻轻地告诉我们："多少闲情闲绪、雨声中。"看来她终于没有能系住春风。"闲情"其实不闲。是叹息青春又逝？是愁怨离人不归？作者让我们去想象。

这首词淡雅婉妙，句子大多是细节描写，意象鲜明生动，非常富于诗情画意。

清 平 乐

怀 人

赵崇嶓

莺歌蝶舞，池馆春多处。满架花云留不住，散作一川香雨。　　相思夜夜情悰[1]，青衫泪满啼红。料想故园桃李，也应怨月愁风。

【注释】

〔1〕悰（cóng）：欢乐。

【赏析】

季节正是春天，最让人赏心悦目的便是莺声婉妙、蝶舞蹁跹的景象。开头一句，作者便从听觉和视觉两个方面让我们对眼前的春意纷繁有一个真切具体的感知。随后他补充说“池馆春多处”，意味着春色满人间。这就由具体描绘推广到一般概括，也即是虚实相生。一树树繁花，就像一朵朵美丽的云。春云本来就美，花云岂不更美？作者说“满架花云留不住”，似乎他很感伤，但“散作一川香雨”却打消了我们的疑虑。有云不一定下雨，但下雨之前却一定有云。作者既把繁花比做云，便很自然地联想到雨，他把香雨看成是花云带来的，这样的构思精巧而别致。作者自注说这是为怀人而作。我们当然很想知晓他怀念何人，为何怀念。上阕写景为下阕写情作了铺垫。他说自己“相思夜夜情悰”，我们急于弄清楚他的怀念对象，他却沉吟不语。最后才吐露：“料想故园桃李，也应怨月愁风。”从“故园”我们知道他客居异地，有家难归。字面上说桃李怨月愁风，其实应是家中妻子抱怨自己久久不归。我们在许多词中都读到过闺妇对游子的思怨，明知妻子怨自己不归，自己却无法归去。我们终于知道了他怀念何人，又为何那样动情。从上面的分析中我们可以看到这首词善于铺垫，又善于制造悬念，以此来引起读者的阅读兴趣。

蝶恋花

赵崇嶓

一翦微寒禁翠袂，花下重开，旧燕添新垒。风旋落红香匝地，海棠枝上莺飞起。　薄雾笼春天欲醉，碧草澄波，的的情如水〔1〕。料想红楼挑锦字，轻云淡月人憔悴。

【注释】

〔1〕的的（dí）：明白，确实。

【赏析】

这首词写闺妇春愁。

上阕说春意渐浓。春天初来时，寒气没有退尽，因此还不能换上绿罗衫。作者简练地用“一翦微寒禁翠袂”加以概括。等到一树树花朵绽放，旧时燕子已经飞回来，并且筑好了新巢。“花下重开，旧燕添新垒”表示了时间的变化。接下来只见“风旋落红香币地，海棠枝上莺飞起”。这是两幅动感很强的画面。“风旋落红”一句表达了三层紧密衔接的意思：先是风吹；由于风吹而有落红；落红又使地上有了香气。这一句让我们的视线随落红渐渐下到地上，“海棠枝上莺飞起”又引我们从下往上观察。这就使词意灵动，写景不凝滞。

薄雾为自然界的一切事物罩上了一层朦胧的轻纱，连天也似乎陶醉了。这是仰视所见，烘托出春景之美。低头看，碧草澄波，令人赏心悦目。“的的情如水”，用加强的语气肯定春天之情思。将情比作水，是说情感像水一样远去不返，自己的爱人也像水一样离去不归，令人心生伤情。进而他展开想象：独居红楼的闺妇，眼看着春将暮却不见丈夫的归来，她不免要想丈夫是不是变心了，于是像苏蕙那样织回文诗。轻云淡月是春天的美景，而她愁情满怀，日渐憔悴，恐怕是无心看景的。

这首词很自然地运用了颜色组合，如“翠袂”“旧燕”“落红”“黄莺”“碧草澄波”“红楼”“锦字”“轻云淡月”等，织成一幅格调淡雅却意象鲜明的春景图。在这个背景上出现的闺人愁怨，也就被淡化了，不会给读者的心理上产生重压。

水龙吟

和朱行文海棠

方岳

昼长庭院深深，春柔一枕流霞醉[1]。朦松欲醒，娇羞还困，锦屏围翠。豆蔻初肥，樱桃微绽，玉阑同倚。记华清浴起，渭流波暖，红涨腻、弃脂水。　燕子来时天气，尽韶风，与诗为地。芳丛雨歇，露痕日酽，英英仙意。莫恨无香，最怜有韵，天然情致。待问春能几，五更犹是、伴今宵睡。

【注释】

〔1〕流霞：美酒。

【赏析】

这首词吟咏海棠。

上阕写海棠初开时的娇羞之态。先说它生长的时间和环境。仲春时，白天渐渐变长，故曰“昼长”。海棠开放在深深的庭院，在开放之前就像一个醉酒酣眼的女子。接下来写海棠初绽时的娇态：“朦松欲醒，娇羞还困，锦屏围翠。”作者将海棠拟人化，比起直接描画来既省力又传神，且海棠在我们心中也似乎具有了鲜活的生命力。海棠是孤单的吗？不，作者说这时“豆蔻初肥，樱桃微绽”。这些如同花儿与海棠“玉阑同倚”。物以类聚，人以群分，作者通过对海棠友伴的叙述从侧面烘托出它的品质高洁。作者想起了那个著名的美女杨贵妃来。唐明皇把醉酒的杨贵妃称做是海棠花未醒，作者运用这个典故，便把海棠花推到艳压群芳的地位。

下阕写作者的挚爱之情。海棠开时，正值燕子南来。东风送暖，人心头春光荡漾，满腹诗情，怎能不使人喜爱它呢？一阵春雨消歇，花枝上水珠盈盈，海棠真像一个绰约的仙子，又怎能不让人爱它呢？有人以为海棠美而无香，终是憾事，但偏爱她的词人辩驳说：“莫恨无香，最怜有韵，天然情致。”真是情人眼里出西施，连海棠的不足也成为词人爱它的一个理由。作者的深情于此可见一斑。他言犹未尽，“春宵一刻值千金”，而海棠却能与人共度良宵。凡此种种，怎能不使人爱它呢？

这首词咏物而能将其形态、神韵摹出，又时时渗透着作者的情感，是一首咏海棠的佳作。

一 剪 梅

客中新雪

方 岳

谁剪轻琼做物华[1]？春绕天涯，水绕天涯。园林晓树恁横斜[2]。道是梅花，不是梅花。 宿鹭联拳倚断槎。昨夜寒些，今夜寒些。孤舟蓑笠钓烟沙。待不思家，怎不思家？

【注释】

〔1〕琼：美玉，泛指精美的东西。

〔2〕恁（nèn）：这么，这样。

【赏析】

如词前自注，这是作者“客中新雪”时有感而作。

上阕写他看见新雪时的惊喜之情。清早起来，推窗远眺，外面的景象却令人诧异：无论远近，树上都白花花一片，“千树万树梨花开”，另人惊叹。他脱口而出：“谁剪轻琼做物华？”说出自己的疑问。他用“轻琼”比喻雪，既写出了雪的轻洁，也写出了自己的喜悦，花开了，春天也来了吧。因此他接下去说：“春绕天涯，水绕天涯。”但定睛细看，

"园林晓树恁横斜"，不像开花时的样子。再看枝头，"道是梅花"，却"不是梅花"，因为"梅须逊雪三分白，雪却输梅一段香"。

下阕写词人因清寒太甚而思归。看到江边无人的木筏上一对鹭鸶在寒风中瑟缩着，他自己也感觉"昨夜寒些，今夜寒些"。远处有一只小舟在漫天风雪中孤独地漂泊，那舟人披蓑戴笠。上面落满了白雪，从远处看有些茫然莫辨。他手持钓竿，在薄雾笼罩的江上垂钓。这形象是多么幽凄孤寂。"孤舟蓑笠钓烟沙"一句源出柳宗元《江雪》："千山鸟飞绝，万径人踪灭。孤舟蓑笠翁，独钓寒江雪。"这种萧索荒寒景象怎不令人想回到那温暖的家呢？思归之情一下子控制了他，"待不思家，怎不思家？"

这首词触景生情，由喜到忧，层次非常清晰。在语言运用上也很有特色。"谁剪轻琼做物华""园林晓树恁横斜"，简练而有口语的自然，"宿鹭联拳倚断槎""孤舟蓑笠钓烟沙"，却精工而干练。"春绕天涯，水绕天涯"等四句既重复而有变化，前后或相承，或相悖，诗情曲折有致。

风入松

吴文英

听风听雨过清明，愁草《瘗花铭》[1]。楼前绿暗分携路，一丝柳、一寸柔情。料峭春寒中酒，交加晓梦啼莺。　西园日月扫林亭，依旧赏新晴。黄蜂频扑秋千索，有当时、纤手香凝。惆怅双鸳不到[2]，幽阶一夜苔生。

【注释】

〔1〕瘗（yì）：葬花。庾信有《瘗花铭》。此以葬花寓别恨。

〔2〕双鸳：鸳鸯履，指女鞋。此指行迹。

【赏析】

本词一题作“春晚感怀”。吴文英曾纳苏、杭二妾，一遣一死，集中不少词，均系咏二妾事。

上阕说自己独过清明，百无聊赖，只好以酒消愁。

清明本是都市中男女去郊外游春赏花的日子，但现在却风雨并作，词人一人独居，全无意趣，于是就躺在床上听风听雨。想到有多少娇艳的花朵被打落在地，更添愁闷，便像庾信那样草成一篇《瘗花铭》，表达自己的惋惜和惆怅。由落花想到离人，楼前分别的路上已是绿柳成荫，条条柳丝都仿佛是寸寸柔情，真让人愁肠寸断！满腹忧愁只好消之以酒，在麻醉中沉沉睡去，但黄莺争鸣，惊醒晓梦，终于不能成寐。词人为情所困，百般无奈，由此也可见他情之真之深。

下阕说自己日日望归，而离人终于不回。

“西园日日扫亭林，依旧赏新晴”，是依旧吗？非也。过去两人共赏，而今一人独观。词人说得若无其事，好像很豁达，却反衬出了他的思念之深切。他看到“黄蜂频扑秋千索”，便认为是“有当时、纤手香凝”，想象可谓怪极。最后以“惆怅双鸳不到，幽阶一夜苔生”作结。“双鸳不到”，犹望其到；“一夜苔生”，踪迹全无，唯日日惆怅而已，从中可见出词人思念之急切。

陈廷焯在《云韶集》中评价此词：“情深而语极纯雅，词中高境也。”

唐 多 令

惜 别

吴文英

何处合成愁？离人心上秋[1]。纵芭蕉不雨、也飕飕。都道晚凉天气好，有明月、

怕登楼。　　年事梦中休，花空烟水流。燕辞归、客尚淹留[2]。垂柳不萦裙带住[3]，漫长是、系行舟。

【注释】

〔1〕心上秋："愁"字由"心"和"秋"合成。

〔2〕淹留：迟延、滞留。

〔3〕裙带：女子衣饰，此代指离去的女子。

【赏析】

这首词写与情人分别后的惆怅。

上阕说自己愁绪满怀。情人们总希望长相厮守。一旦不得不分开，就不禁"忧从中来"、"不可断绝"。愁闷难遣的词人就自言自语起来："何处合成愁？"然后他认真的想了想，回答自己："离人心上秋。"作者巧妙地用了拆字法，因"愁"是由"心、秋"两字组成。而"秋"在文学传统中一直是与忧愁、悲怨等情绪相联系在一起，从词人的固执强调中我们也可看出他的情之深挚。他说虽未下雨，可芭蕉叶嗖嗖地颤抖不已，似乎也满含忧愁，芭蕉也染上了他的悲伤情绪。虽然人们"都道晚凉天气好"，但今晚却"有明月"，月圆人缺，因此他"怕登楼"。

下阕说自己淹滞难归。词人感叹自己"年事梦中休"，而现在已是深秋，枝头花空，河中烟水东流，益发感到孤独。抬头望见一群群的燕子正飞回南方温暖的故乡，而自己仍滞留异地，怎不更添愁伤？看到在风中飘动的柳枝，不禁充满了怨忿：“垂柳如丝，你却不牵着她的裙带留住她；我现在希望归去，你却偏偏系住了我的行舟！”真是该留的不留，想走的却不让走。

这首词痴语满篇，但却很好地表现出了作者的深情。

极 相 思

题陈藏一水月梅扇

吴文英

玉纤风透秋痕，凉与素怀分。乘鸾归后，生绡净剪[1]，一片冰云。　　心事孤山春梦在[2]，到思量、犹断诗魂。水清月冷，香消影瘦，人立黄昏[3]。

【注释】

〔1〕绡：生丝织成的绸子。

〔2〕孤山：在杭州西湖边。北宋初，诗人林逋（和靖）在此结庐隐居。人称他“梅妻鹤子”。

〔3〕“水清冷月”句：林逋诗《山园小梅》中非常有名的一联：“疏影横斜水清浅，暗香浮动月黄昏。”

【赏析】

这首词为题扇而作，因扇画水月梅，词也就围绕这三样事物来写。

炎夏中一扇在手，人便会像吹了一阵秋风似的凉爽，词人却巧妙地说是“风透秋痕”。接着他说这种凉爽的产生是凉气和素怀各占一半。“素怀”犹言纯洁的心胸，这当然是赞扬陈藏一了。词人又想到这把扇子就像仙人乘鸾升天后，用绸子剪成的一片白云。“冰云”也就是白云，用“冰”字，既称其洁白，又可使人顿生凉意。上阕虽只是很平常地写扇，却也通过精心的遣词造句使得它不落俗套，非高手不能如此。

下阕围绕扇上所画水月梅来写。说起梅，人们便会很自然地想到那位隐居孤山、“梅妻鹤子”的林和靖先生。梦窗一生除短时间供职苏州仓幕外，布衣终身，他们二人可以说是声气相通。因此他说：“心事孤山春梦在，到思量，犹断诗魂。”梅花开时，正值严冬季节，水清月冷，梅花也是疏影横斜、暗香浮动，作者用了“香消影瘦”四字来概括。梅花孤零零地开吗？不，有“人立黄昏”，他有着隐者的追求。“水清月冷，香消影瘦，人立黄昏”构成了一个清逸的境界，简直可以和林逋写梅的名句“疏影横斜水清浅，暗香浮动月黄昏”媲美。“人立黄昏”，如画龙点睛，由梅写人。写出了隐者的高洁品质。

题扇词在写作时受到的限制较大。作者要把扇画、自己和对方都写到，容易流于板滞，而这首词却写得神思飞动，摇曳生姿，不愧为大家手笔。

宴清都

连理海棠

吴文英

绣幄鸳鸯柱[1]，红情密、腻云低护秦树[2]。芳根兼倚，花梢钿合[3]，锦屏人妒。东风睡足交枝[4]，正梦枕、瑶钗燕股[5]。障滟蜡，满照欢丛，嫠蟾冷落羞度[6]。　人间万感幽单，华清惯浴，春盎风露。连鬟并暖[7]，同心共结，向承恩处。凭谁为歌《长恨》？暗殿锁，秋灯夜语。叙旧期，不负春盟，红朝翠暮。

【注释】

〔1〕绣幄：绣幕，在此用来笼盖海棠花。

〔2〕秦树：相传古代秦地（今陕西）有连理海棠。

〔3〕钿合：钿盒，有上下两扇。

〔4〕睡足：唐玄宗召杨贵妃同宴，她醉酒未醒，玄宗说“是岂妃子醉耶？海棠睡未足耳”。

〔5〕燕股：钗有两股如燕尾。

〔6〕嫠（lí）蟾：指月中嫦娥无夫，故称。

〔7〕连鬟：女子所梳双髻，名同心结。

【赏析】

这首词咏连理海棠。

上阕写海棠初开时的娇美之态。海棠未开时，如美人春睡未醒，因而词人用鸳鸯柱撑起绣幕为之遮寒。绣幕饱含深情，像一团红云低低地笼罩着海棠，这可以看出词人爱海棠之情的深和痴。终于等到花开，取掉绣幕，只见连理海棠“芳根兼倚，花梢钿合”，枝柯相交，好像一对情人“正梦枕瑶钗燕股”，在东风中酣眠。苏东坡“只恐夜深花睡去，故烧高烛照红妆”（《海棠》），吴梦窗也“障滟蜡，满照欢丛”，烛光明亮，使得月华也黯然失色，形影相吊的嫦娥也羞于看到这紧相偎依的连理海棠。

下阕叙与连理海棠密切相关的杨贵妃、唐玄宗（明皇）故事。作者由海棠枝连而嫦娥孤单发出感叹：“人间万感幽单。”这同时也是唐明皇遇杨贵妃前的心境写照。而“一朝选在君王侧”，杨贵妃便“华清惯浴，春盎风露。连鬟并暖，同心共结，向承

恩处”，明皇尽日看不足，将三千宠爱加之一身，“从此君王不早朝”。但“渔阳鼙鼓动地来”，贵妃宛转马前死，上演了一场惨痛的爱情悲剧。白居易作《长恨歌》，咏叹此事，极动人。但词人却反问：“凭谁为歌《长恨》？”天宝十年七夕，明皇、贵妃“感牛女事，密相誓心，愿世世为夫妇，且结后缘”。词中“暗殿锁，秋灯夜语”即说此。白居易又有“在天愿为比翼鸟，在地愿为连理枝”的诗句，因此词人便将连理海棠看成是这一对痴情人“叙旧期，不负春盟，红朝翠暮”，依然热烈地相爱。连理海棠有这样一番故事，焉能不使人深相爱护？这就呼应了上阕。

澡 兰 香

淮安重午

吴文英

盘丝系腕[1]，巧篆垂簪[2]，玉隐绀纱睡觉[3]。银瓶露井[4]，彩箑云窗[5]，往事少年依约。为当时、曾写榴裙[6]，伤心红绡褪萼。黍梦光阴渐老[7]，汀洲烟蒻[8]。

莫唱江南古调，怨抑难招、楚江沉魄。薰风燕乳，暗雨梅黄，午镜澡兰帘幕[9]。

念秦楼、也拟人归，应翦菖蒲自酌[10]。但怅望、一缕新蟾[11]，随人天角。

【注释】

〔1〕盘丝：腕上系五色丝线。

〔2〕巧篆：簪上插精巧纸花。

〔3〕“玉隐”句：玉人隐在天青色纱帐里睡觉刚醒。绀（gàn），天青色。

〔4〕银瓶：代指饮酒。

〔5〕彩箑：彩扇，指歌舞。箑（shà），扇子。

〔6〕写榴裙：典出《宋书》：“羊欣着白练裙昼寝，王献之诣之，书其裙数幅而去。”榴裙即大红裙。

〔7〕黍梦：即黄粱梦。唐沈既济小说《枕中记》写卢生在邯郸客店遇道士送枕入梦，时客店主人方蒸黄粱。卢生梦中尽享富贵荣华，醒后却发现主人蒸黄粱尚未熟，因有所悟。

〔8〕烟蒻（nuò）：柔弱蒲草。

〔9〕午镜：水清如镜。澡兰，五月五日，蓄兰沐浴。

〔10〕菖蒲：端午以菖蒲一寸九节者泛酒，以避瘟气。见《荆楚岁时记》。

〔11〕新蟾：新月。古代传说月亮上有三条腿的蟾蜍，因此诗文中常以之代称月亮。

【赏析】

这首词是词人在淮安过端午节时有感而作。陈洵云："此怀归之赋也。"

吴文英乃是深情人，离别之后自然念念不忘。独居异地，却逢佳节，怎不倍思亲人？

上阕先用"盘丝系腕，巧篆垂簪"来写妇女们此日的装饰，因为"困人天气日初长"，所以"玉（人）隐绀纱睡觉"。在露井边用银瓶饮酒，从云窗里不时闪过她歌舞时挥动的彩扇。这几句描述所说的时间模糊，直到"往事少年依约"，这才告诉我们他在回忆。接着想起"当时曾写榴裙"，就不禁要"伤心红绡褪萼"了。从那时到现在日月忽忽，他叹息光阴像黄粱梦一样短暂，自己也在渐渐老去。

词人深感幽独，家人也是望其早归。但下阕突写一句"莫唱江南古调"（指《招魂》），不免让人吃惊。他解释说"怨抑难招，楚江沉魄"，用宋玉为屈原招魂事，说自己知道家人心情，但却难以归去。什么原因，他没有讲。家乡也该是"薰风燕乳，暗雨梅黄"的风景了，家人按风俗以兰汤沐浴，想她盼归而不得，也只好"剪菖蒲自酌"，真是"一种相思，两处闲愁"，在孤独中又过去一天，一勾新月初升，词人满怀惆怅地望着它，想着也只有它能随人走到天涯海角。

洞仙歌

次韵苏子瞻

陈　著

冰肌玉骨，自清凉无汗。午梦醒来盼娇满扇。扇轻拈又放，浅炷兰薰，微笑处、吹著烟丝散乱。　凉亭还独步，曾是凭阑，携手心盟指云汉。碧云斜阳外，信有如今，音书杳、寸肠千转。漫伫立，无言对荷花，看转眼秋风，翠移红换。

【赏析】

这首词同苏轼（子瞻）《洞仙歌》（冰肌玉骨）用韵相同。据苏轼说，蜀主孟昶曾与花蕊夫人纳凉池上，作一词。他少时从一老尼处听过，后来仅记其头两句，疑为《洞仙歌》，便为之补足。本词写闺妇。

一般写闺愁的，多把季节放在春、秋。这首词则是在夏天。上阕用暑热来反衬闺妇的清丽娇娆。

“冰肌玉骨，自清凉无汗”，袭用东坡词中原句。确实，再也难以找出比这更恰切的语句来描绘女性的冰清玉洁了。一般人都是“日长睡起无情思”，她“午梦醒来”却顾盼生娇。作者的描写没有仅停于此。他通过几个不经意的动作，“扇轻拈又放，浅炷兰薰，微笑处，吹著烟丝散乱”，把她的轻柔娇媚写了出来。上阕静动结合，为我们塑造了一个娇丽的闺妇形象。

下阕继续描写她的动作和心理。她走出屋来，独步于凉亭之上。在这里他们夫妻曾经一起凭阑，又曾经携手对天发誓永不相忘。现在他远行“碧云斜阳外”，一点音信也无，使自己“寸肠千转”。言犹在耳，誓言和行为之间反差如此之大，她怎能不痛苦愁怨？愁绪满怀，反倒一句话也说不出，只能“漫伫立，无言对荷花”。池塘里荷花开得正盛，但转眼间秋风起，还不落个“翠移红换”的结局？她惜花，更惜自己青春的虚度。言外之意，可想而知。

上阕写表情，下阕深入心理。上阕喜，下阕愁，使人物栩栩如生。谁忍心让这样美丽可爱的女子独守空闺，忧愁度日？作者对薄情郎的谴责和对闺妇的同情都分明可感。

唐 多 令

秋暮有感

陈允平

休去采芙蓉，秋江烟水空。带斜阳、一片征鸿。欲顿闲愁无顿处，都著在两眉

峰。　　心事寄题红[1]，画桥流水东。断肠人，无奈秋浓。回首层楼归去懒，早新月、挂梧桐。

【注释】

〔1〕题红：指红叶题诗故事。唐宣宗时，卢渥赴京应举，偶临御沟，拾得红叶，上题诗云："流水何太急，深宫尽日闭；殷勤谢红叶，好去到人间。"后宣宗放出部分宫女，许从百官司吏，渥得一人，即题诗红叶上者。

【赏析】

"休去采芙蓉"起句突兀警人，既领起下文，留下发挥余地，又含有象征喻意。芙蓉为莲的别名。南朝民歌中有《青阳渡》："青荷盖绿水，芙蓉披红鲜。下有并根藕，上生并目莲。"原来词人是怕怀远之女子触物伤情之意。次句写秋暮景色：秋江空阔，秋水漫漫，一带斜阳余晕中，远飞的大雁排列成行，唳鸣而翔。此番景色，最易触发人感时怀远之情，故有闲愁顿生。"欲顿闲愁无顿处，都著在两眉峰"，此句如信手拈来，流丽自然，却极贴切形象，既将闲愁化无形为有形，又淡笔写出怀远的佳人秀眉微颦、楚楚动人之态。

下阕进一步言明女子心事。"心事寄题红"句，用红叶题诗之典故。这里的女主人公虽非深宫寂寞，但因情人远别，相思之苦，亦令人断肠；更何况正逢那"秋风萧瑟天气凉，草木摇落露为霜"的深秋季节，更使人将那寸断柔肠，无以置处。“回首”句写出主人公慵懒的动作和神态，与王维诗“心怯空房不忍归”有异曲同工之妙。“早新月、挂梧桐”，以景结情，写得空灵剔透，清幽中透出凄凉况味。

宝鼎现

春月

刘辰翁

红妆春骑，踏月影、竿旗穿市。望不尽，楼台歌舞，习习香尘莲步底[1]。箫声断、约彩鸾归去[2]，未怕金吾呵醉[3]。甚辇路[4]、喧阗且止[5]。听得念奴歌起[6]。父老犹记宣和事[7]。抱铜仙[8]、清泪如水。还转盼、沙河多丽[9]。滉漾明光连邸第。帘影冻、散红光成绮[10]。月浸葡萄十里[11]。看往来、神仙才子[12]。肯把菱花扑碎[13]。　　肠断竹马儿童[14]，空见说、三千乐指[15]。等多时春不归来，到春时欲睡。又说向、灯前拥髻[16]。暗滴鲛珠坠[17]。便当日、亲见霓裳[18]，天上人间梦里。

【注释】

〔1〕习习香尘：指尘土微扬。习习，形容微风。

〔2〕彩鸾：唐裴铏《传奇》载："钟陵西山有游帷观，每至中秋，车马喧阗……大和末，有书生文箫往观，睹一姝甚丽……生意其神仙，植足不去，姝亦相盼……乃与生下山归钟陵为夫妇。"这里彩鸾指游春之女。

〔3〕金吾：官名，掌管京城的守卫防务。韦述《西都杂记》："西都京城街衢，有金吾晓暝传呼，以禁夜行，唯正月十五日夜，敕许弛禁。"呵醉，指西汉将军李广夜饮回家，被霸陵一喝醉的尉官呵责扣留。见《史记·李将军列传》。

〔4〕甚：为什么。辇路，皇帝车马经过的道路。

〔5〕喧阗（tián）：人声喧闹。

〔6〕念奴：唐玄宗天宝年间名歌伎，善歌。

〔7〕宣和：宋徽宗年号。

〔8〕铜仙：金铜仙人。李贺《金铜仙人辞汉歌》："空将汉月出宫门，忆君清泪如铅水。"

〔9〕沙河：即沙河塘，在杭州南五里。田汝成《西湖游览志余》："沙河宋时居民甚盛，碧瓦红檐，歌管不绝。"

〔10〕绮：光色。《文选》晋张景阳《七命》："流绮星连，浮彩艳发"。

〔11〕葡萄：这里比喻水深色碧。

〔12〕神仙：借指美女。《武林旧事》："靓妆笑

语，望之如神仙。”

〔13〕菱花：镜子。用陈亡后乐昌公主和其夫徐德言将镜扑碎，各分其半，作为分离后互相探访的凭信的典故。

〔14〕竹马：以竹杖当马骑。李白《长干行》：“郎骑竹马来，绕床弄青梅。”

〔15〕三千乐指：三百人的乐队。

〔16〕灯前拥髻：《飞燕外传·伶玄自叙》：“通德（伶玄妾）占袖顾视烛影，以手拥髻，凄然泪下，不胜其悲。”

〔17〕鲛珠：即“鲛人泣珠”。鲛人为神话传说中的人鱼。晋张华《博物志》：“鲛人从水出，寓人家，积日卖绡。将去，从主人索一器，泣而成珠满盘，以与主人。”后以鲛珠形容哭泣时流出的眼泪。

〔18〕霓裳：唐代乐曲名，即《霓裳羽衣曲》。

【赏析】

这首词是刘辰翁晚年的名作，写于宋亡之后，通过对昔日宋代元宵节的繁华盛景和今日之惨淡萧条的对比描写，抒发词人无比深沉的亡国之痛。词分三阕，分别描写了北宋、南宋和作者作词之时的灯节景象。

上阕通过对声、色、形的铺写，将北宋元宵节的繁华热闹表现得绘声绘色、淋漓尽致。盛妆的仕女们乘着香车宝马，纷纷出游；歌台舞榭上，歌妓舞女们轻移莲步，婆娑多姿；这里箫声刚歇，那里歌声又起。在这喜庆气氛中，青春男女，相邀结伴，自由欢乐。此阕以铺叙手法，浓墨重彩，道不尽的繁华富贵。

中阕首句点明时间，转入南宋，借用金铜仙人辞汉落泪的典故，寓亡国之痛。此时南宋王朝虽然偏安一隅，然亦有承平景象，词人通过对光、影、水色的描写，写出了元宵节时沙河塘一带灯月交辉之景。末句“肯把”二字，则流露出词人刻骨铭心的亡国之痛。此阕首末两句巧妙用典故，铜仙坠泪、菱花扑碎两个意象，使人深感在一片承平欢乐的表象下有着无尽的凄凉与辛酸。

下阕由上两阕对往事的回忆中，回到词人作词之时的现实。“肠断”句是写往日的繁华，今天骑竹马的儿童已再也无法见到，只能从老人们的叙述中去凭空想象了。后面写今日的元宵节，不复有当日的盛况美景，人们只能枯坐灯前，回首往事，黯然神伤，不禁泪坠。即便是当日亲见霓裳羽衣舞的老人们，也恍觉与那时似天上人间相隔遥远，宛如一场春梦一般，末句化用李煜语，再加上“梦里”二字，倍觉沉痛。

此词运用铺叙、对比手法，极写景与情的前后变化

之大，给人以往事不堪回首之感，词人将种种情感揉合起来，错落有致，表达了南宋遗民的沉痛心情，令人叹惋。杨慎《词品》说：“词意凄婉，与《麦秀》何殊。”

兰陵王

丙子送春[1]

刘辰翁

送春去，春去人间无路。秋千外，芳草连天，谁遣风沙暗南浦[2]。依依甚意绪。漫忆海门飞絮[3]，乱鸦过，斗转城荒，不见来时试灯处[4]。　　春去，最谁苦？但箭雁沉边[5]，梁燕无主[6]。杜鹃声里长门暮[7]。想玉树凋土[8]，泪盘如露[9]。咸阳送客屡回顾[10]，斜阳未能度。　　春去，尚来否？正江令恨别[11]，庾信愁赋[12]。二人皆北去。苏堤尽日风和雨。叹神游故国，花记前度[13]。人生流落，顾孺子[14]，共夜语。

【注释】

〔1〕丙子：宋恭帝德祐二年（1276），即元兵攻

入南宋都城之年。

〔2〕南浦：泛指送别之地。这里借指江南水乡。

〔3〕海门飞絮：指逃往海滨的南宋君臣。海门，海边。

〔4〕试灯：正月十五日灯节前之预赏灯节。

〔5〕箭雁：被箭射中受伤的雁，指被俘的南宋君臣。

〔6〕梁燕：梁上的燕子，指留在临安等地散落无主的士大夫。

〔7〕长门：本汉武帝时长门宫，是陈皇后被贬时的冷宫。

〔8〕玉树凋土：《晋书·庾亮传》："亮将葬，何充（会之）叹曰：'埋玉树于土中，使人情何能已！'"借指为国牺牲的人们。

〔9〕泪盘如露：指汉武帝在建章宫前造神明台，上有铜人手托盛露铜盘。魏明帝命人把铜人由长安搬到洛阳，宫官拆盘，铜人临载之时，由眼中流下泪来。

〔10〕咸阳送客：李贺《金铜仙人辞汉歌》："衰兰送客咸阳道，天若有情天亦老。"

〔11〕江令：即江淹，著有《别赋》。

〔12〕庾信：梁庾信出使北周，被留，著有《愁赋》，已失传。

〔13〕花记前度：刘禹锡《再游玄都诗》："种桃道士归何处，前度刘郎今又来。"

〔14〕孺子：指作者自己的儿子。

【赏析】

陈廷焯在《白雨斋诗话》中说："题是送春，词是悲宋。曲折说来，有多少眼泪。"此词以春喻国，借送春、惜春、怀春，抒写词人对灭亡了的宋朝的无限哀思。这首词为长调，共分三阕，均以"春去"为中心，围绕这一主题进行描写和抒情。

上阕写临安失陷后的凄凉景象。"芳草"在古诗词中常用来表示离别之情。这里"芳草连天"的凄迷景色，似写春天依依惜别，实暗喻词人送别宋朝的绵绵离恨。"风沙暗南浦"，风沙暗喻元军，由于元军的侵占和破坏，临安昏暗无日。"海门飞絮"则象征着孤苦无助、流落天涯的南宋君臣。"乱鸦过"句写失陷后的临安，乱鸦盘旋，城池流圮，昔日灯火辉煌的景象已荡然无存。

中阕写人。"箭雁"指被掳北去的君臣；"梁燕"喻亡国后流散落泊的南宋臣民；"玉树"比喻那些为国捐躯的勇士。"泪盘如露""咸阳送客"，俱是化用金铜仙人辞汉落泪的典故，暗喻着被迫北去的南宋君臣对故国的眷恋之情。

下阕抒情。首句为设问句，将词人对故国的一片痴恋表达得感人至深。江淹、庾信二人均是北去不得归之人，均经亡国恨事，作赋达情，而词人心境正与古人同。再看今日苏堤，于风雨飘摇中，那一片凄楚迷离，更增词人愁绪。唯有神游故国，以暂时忘却触目痛心的现实，然那种人生流落、飘零无依的感觉却总是挥之不去。正是，春可再来，国亡不复。

此词成功地运用象征手法，通过种种意象寄托词人悲国之情，表里相应，斐然成章。又以多处设问，使感情的表达层层深入，曲折动人。特别是中阕、下阕均以设问句起，问得惊心动魄，问得似痴似绝，词人那悲愤之状似历历在目。卓人月在《古今词统》中说："'送春去'二句悲绝；'春去，最谁苦'四句凄清，何减夜猿；第三叠则悠扬悱恻，即以为《小雅》《楚辞》可也。"

浣 溪 沙

感 别

刘辰翁

点点疏林欲雪天，竹篱斜闭自清妍。为伊憔悴得人怜。　　欲与那人携素手，粉香和泪落君前。相逢恨恨总无言。

【赏析】

"多情自古伤离别"，而情人间的离别则最为伤情。刘辰翁此词将常为文人所咏叹的这一永恒题材，以清丽流转、淡雅简洁之笔写出，别具艺术魅力。

上阕首先交代和描绘了两人离别的场所，是在那郊外乡野之处。正是寒冬天气，雪欲下未下，天色昏黄，四周有疏疏落落的树林环抱，屋前竹篱斜闭，景色自是清丽，却不管此时此地正有两个伤心人依依不舍，因即将来临的离别而自苦。而后又描写故事里的男女主人公，女子因离别悲伤不已，美丽的面容变得憔悴不堪，也因此而更加得到情人的怜爱。

“欲与那人携素手”，写女子希望能与自己所爱的人携手并肩，共游天涯，共度人生，表现了女子对爱情的坚贞不移。然而这愿望却非现实所允许，万般的失望，内心的痛苦，迫在眼前的分离之苦，都化作串串珠泪落于情人面前。结句是说在这最后别离的时候，满腔愁绪，无从说起，故“恨恨总无言”。恨为爱的极致，无声胜似有声，词写到这里，将离别的悲伤气氛推至高潮。

此词以女子口吻徐徐道来，写得既温雅含蓄，又哀婉动人、缠绵悱恻，细腻地表现了恋爱中的女子在别离时刻复杂而微妙的心理。读完全词，一位美丽多情的女子的形象跃然于纸上。

祝英台近

李彭老

杏花初，梅花过，时节又春半。帘影飞梭，轻阴小庭院。旧时月底秋千，吟香醉玉，曾细听，歌珠一串。　忍重见。描金小字题情，生绡合欢扇[1]。老了刘郎[2]，天远玉箫伴。几番莺外斜阳，阑干倚遍，恨杨柳，遮愁不断。

【注释】

〔1〕生绡：没有漂煮过的丝织品。古以生绡作画，故也借指画卷。合欢扇，团扇。《文选》汉班婕妤《怨歌行》："裁为合欢扇，团圆似明月。"

〔2〕刘郎：南朝宋刘义庆《幽明录》记东汉永平年间，刘晨、阮肇在天台桃源洞遇仙。太康年间，刘重到天台寻觅仙侣不遇。

【赏析】

此词怀念旧欢，情、景、物相映相衬，虚实相生，抒情细腻入微，生动别致。

上阕首句写时节物候，于疏疏写景中，摇漾出时光飞逝之感慨。"帘影"句则由自然之背景落笔

【千秋绝艳图】卷 局部［明］佚名 中国历史博物院藏 49－7

【千秋绝艳图】卷 局部 ［明］ 佚名 中国历史博物院藏 49－7

到人物所处的具体环境上来。“帘影”“轻阴”，造成了一种幽暗、清寂的氛围，透露出词人寂寞的情愫。“旧时”句以下，则写词人对往日欢乐的回忆，词人以“香”“玉”“珠”等华丽字眼，来形容旧时情侣的美丽容颜和动听歌喉，表现了词人一往情深的依依恋情。

下阕首句写词人睹物思人，不胜其悲。“忍重见”，实为“怎忍重见”或“不忍重见”之意。“老了刘郎”句用刘晨重入天台访仙不遇的故事，喻自己年华老去，形影相吊之悲。结句以景结情，情思邈远，哀婉深沉。在娇莺啼声中，斜阳余晖里，词人久久伫立、倚栏望远的身影，显得格外孤单。更兼那杨柳在晚风中拂拂扬扬，更勾起人满怀的离情别恨，故曰：“遮愁不断。”

鹧鸪天

暮春

黄升

沈水香销梦半醒〔1〕，斜阳恰照竹间亭。戏临小草书团扇〔2〕，自拣残花插净瓶。　莺宛转，燕丁宁。晴波不动晚山青。玉人只怨春归去，不道槐云绿满庭。

【注释】

〔1〕沈水：沉香的别名。宋胡宿《侯家》诗：“彩霞按曲青岑醴，沉水熏衣白璧堂。”

〔2〕小草：书体名。草书的一种，笔势似行书。宋苏轼《论沈辽米芾书》：“近日米芾行书，王巩小草，亦颇有高韵。”

【赏析】

这首小词以流丽清新的笔触描写了女子暮春伤怀的感情。

上阕首句点明了时间、地点，确定了全词的基调：女主人公春眠初醒之时，已是斜阳余晖之际，沉香缭绕蜿蜒，恰如女主人公寂寞、惆怅的情思绵绵。“戏临”句摹写了女主人公闺中生活的两个片断，写得清新有致。临草书扇，表现了女主人公的聪颖和高雅情趣，残花插瓶，为怜花，亦为自怜，韵味深长。这里，拣为“自拣”，瓶为“净瓶”，表现了女主人公对花的一片爱怜深情。

下阕通过景色描写，衬托出女主人公的寂寞情怀。这里，词人对景物的描写抓住了声与色的特点，酿得自然天成之妙句，既富声音之美，又具鲜明之色调：空中不时传来婉转莺歌、呢喃燕语，清亮悦耳；湖蓝色的水波似凝不动，暮色中的青山愈加青翠。自然界的一切如诗如画，祥和无比，却难解女主人公心中的无限伤感呢。结句似怨玉人怨春之无理，实叹美人迟暮之可怜。虽然自然界四季流转，各有佳妙之处，永远令人感觉新鲜可喜，然而时光却在悄悄流逝，人的青春也一天天逝去，无怪乎玉人要“怨春归去”了！

此词将轻愁浅怨，以淡语道之，以景物烘托之，极富含蓄之美。

声 声 慢

李 演

轻鞯绣谷[1]，柔屐烟堤[2]，六年遗赏新续。小舫重来，惟有寒沙鸥熟。徘徊旧情易冷，但溶溶、翠波如縠[3]。愁望远，甚云销月老，暮山自绿。 嗍笑人生悲乐[4]，且听我尊前[5]、渔歌樵曲。旧阁尘封，长得树阴如屋。凄凉五桥归路，载寒秀、一枝疏玉。翠袖薄，晚无言、空倚修竹。

【注释】

〔1〕鞯（jiān）：马鞍子下面的垫子。

〔2〕屐（jī）：鞋。

〔3〕縠（hú）：有皱纹的纱，多用以比喻水的波纹。

〔4〕嚬（pín）：同“颦”，皱眉。

〔5〕尊：泛称一切酒器。

【赏析】

这是首怀念旧情之作。

上阕写词人时隔六载，重访曾与情人一起畅游过的旧地。“绣谷”指树木茂密的山谷，“烟堤”指杨柳成行、枝条飘扬的堤岸。“惟有寒沙鸥熟”，写无人相慰、只有鸥做伴的孤独凄凉境况。触景生情，此刻的孤单更令词人怀想起旧日的情侣，不禁感叹炽热的感情竟轻易地就变得冷漠起来。“但溶溶”句，写词人极力从痛苦的感情漩涡中挣脱出来，于是举目远眺，碧如翡翠的湖面泛起细细的涟漪，如轻纱起皱，似有无限温柔。然而如挥刀断之不去的水流，词人的愁思如湖水漫漫，难以消除。“甚云销”句，实乃“为什么”之意，这里词人用云朵消散、月亮残缺的景象来比喻自己因失去爱人的内心痛苦，而以“自绿”的“暮山”喻背叛了的情人。

“嚬笑人生”句，写词人试图挣脱痛苦的羁绊，以潇洒、超脱的态度去对待这一切，迎接人生的悲悲乐乐，开怀畅饮，纵情高歌，唱的是“渔歌樵曲”，而非文人雅士所欣赏的阳春白雪，表现了词人欲与自然贴近，以山水渔樵为知音，在粗犷豪放的山歌水调中获得一种充满生命力的感觉。这里，词人似乎表现出了一种飘然凌仙之感，然仍掩盖不住内心的伤痛，“笑”贯之以“懒”，就透露了词人的这种隐痛，以洒脱之面目表现出来，婉转曲折。顺之而下，故有“旧阁尘封”“树阴如屋”之沉痛话语。“凄凉”句写归乡路上，景色凄清，唯有一枝独花，于寒风中傲放，秀色喜人。这一意象给全词灰暗的色调抹上了一层亮色。全词以美人无言倚修竹的优美画面作结，词情凄美，内似含有劝人顿悟之禅意，“空”字约略点明了词人意旨所在。

此词写得波澜有致，感情跌宕起伏，顿挫开合，曲尽其情，并蕴含人生哲理于其中，无论从艺术上或思想上看，都为一佳作。

好 事 近

拟 东 泽

周 密

新雨洗花尘，扑扑小庭香湿。早是垂杨烟老，渐嫩黄成碧。　　晚帘都卷看青山，山外更山色。一色梨花新月，伴夜窗吹笛。

【赏析】

此词妙在其至清至纯之意境，词人笔下一片纯净、清丽的世界，折射出他宁静安详、超尘脱俗之

心境。似纯写景，并抒写心绪，然满篇尽染词人旷达、淡泊之气，可谓冰心玉壶，表里澄澈。

上阕写一番新雨之后的景象，一个“洗”字尽得风流，绘出一幅美景，“香湿”二字写出小庭经细雨润泽后，花香更为沁人心脾。已是初夏时分，杨柳垂垂，已渐由嫩黄的颜色变得碧绿。

如果说上阕意象已甚清丽可人，那么下阕则如轩窗洞开，清风徐徐，描绘出一个似不存在于人间的超凡脱俗的世界，并在这番景象中凸现出词人的形象。一个“卷”、一个“吹”字，让整个画面生动起来，景色如在目前，声音如在耳畔。词人卷起窗帘，雨后的青山更加绿，月光之下，梨花洁白如雪，恍若仙境，主人公斜倚夜窗，横笛在手，悠扬的笛声打破了夜色的寂静。

此词虽然是白描，寥寥几笔，却勾勒出韵味无穷的清境，一个与世无争、不求名利、清旷淡泊的词人形象尽在眼前，大有“采菊东篱下，悠然见南山”的闲云野鹤之意趣。

江城子

拟蒲江

周密

罗窗晓色透花明。靘瑶笙[1]，按瑶筝[2]。试讯东风，能有几分春。二十四阑凭玉暖[3]，杨柳月，海棠阴。　依依愁翠沁双颦[4]。爱莺声，怕鹃声。人自多情，春去自无情。把酒问花花不语，花外梦，梦中云。

【注释】

〔1〕靘（qìng）：青黑色。和凝《宫词百首》："兰殿春融自靘笙，玉颜风透象纱明。"

〔2〕瑶笙、瑶筝：用玉装饰的笙筝。瑶，美玉。

〔3〕二十四阑：江苏扬州市境内有二十四桥，为古代名胜。杜牧《寄扬州韩绰判官》："二十四桥明月夜，玉人何处教吹箫。"

〔4〕依依：隐约。晋陶渊明《归园田居》诗之一："暧暧远人村，依依墟里烟。"

【赏析】

此词为我们刻画了一位于春日美景之中惜春、

叹春的女性形象，通过对其动作、神态及心理的一系列细腻描绘，使人物形象跃然于纸上。

上阕写在一个清新明朗的早晨，透过那雕饰成花纹状的窗扉向外望去，清晨的阳光将屋外盛开的花朵照耀得分外娇艳欲滴，女主人公抱来华美的用玉装饰的琴筝，纤纤玉手弹奏出婉转动听的乐声，似在询问东风："春在人间，能留几时？"下面几个意象的叠加，更写出春的美好：二十四桥上石质的栏杆，在暖暖春晖的照射下如玉石一样温润滑爽，河边杨柳垂垂，水面月光涟涟，海棠花鲜红的色彩在暗处如火焰般闪烁。

下阕首句设置悬念：在这醉人的春日美景中，女主人公眉宇之间却有隐约的忧愁闪现。这是为什么呢？"爱莺声、怕鹃声"句则更增加了人们的疑惑。"人自多情"句回答了这一问题，也点明了全词的意旨：多情人怕春去无情。"把酒问花"句化用李清照的"泪眼问花花不语"。"花外梦，梦中云"是写女主人公身处于这春日美丽的景色之中，却疑这眼前的一切只不过是一场短暂的梦幻，如梦中云一般虚无缥缈，生动地刻画出女主人公担心这艳美如花的春日会如梦一般消失、难以寻觅的心理。梦云是无法捉摸、空灵缥缈之意象，以此作比，形象地写出了春去不可觅的伤感之情。此句如神来之笔，清雅可赏。

此词上阕写景绵密雅丽，细腻入微。下阕写情则如神龙穿云，有绵渺之思，情与景疏密相生，别具风姿。

甘　州

灯夕书寄二隐

周　密

渐萋萋、芳草绿江南[1]，轻晖弄春容[2]。记少年游处，箫声巷陌，灯影帘栊。月暖烘炉戏鼓，十里步香红。攲枕听新雨，往事朦胧。　还是江春梦晓，怕等闲愁见，雁影西东。喜故人好在，水驿寄诗筒[3]。数芳程，渐催花信。送归帆，知第几番风[4]。空吟想，梅花千树，人在其中。

【注释】

〔1〕萋萋：草茂盛的样子。

〔2〕晖：日光。

〔3〕驿：驿站。

〔4〕第几番风：指花信风，应花期而来的风。江南自春至初夏，自小寒至谷雨，五日一番风候。梅花风最早，楝花风最后，共二十四番。

【赏析】

此词抒写了词人于灯夕之夜回首往事如梦，却盼春风来的复杂心情。

上阕首句写江南初春、春光明媚的景象，然而这芳草连天、春晖轻弄的美丽景色，却勾起了词人心中的隐痛。忆少年时灯夕的繁华热闹景象，实寄托着词人的故国之思。接下来笔锋轻转，从往昔的回忆中回到现实，繁华与孤寂两相对照，凄楚之情自不待言。词人将浓情淡写，更觉愁苦逼人。

“还是江春梦晓”，抒写了词人“国破山河在，城春草木深”的哀痛之情。眼前春色依旧，但故国盛情却如梦中幻影，早已烟消云散，空余梦醒后的悲哀。值得安慰的是故友还在，可以寄诗传情，共叙旧事。“数芳程”句以下，文情陡转，写词人对春的盼望。此处实以自然之春喻人事之春，寄托了词人盼望国家复兴、盛世重逢的心情。结句“梅花千树，人在其中”，虚写词人想象中随着二十四番花信风中第一番梅花风而来，梅花盛开，花繁锦簇的美好景象。这里的梅花成为故国盛情的象征。而一“空”字，则寄寓了深深的哀感，道出希望之渺茫，种种失意、无望、怅惘之情，尽在不言之中。

一萼红

登蓬莱阁有感[1]

周密

步深幽，正云黄天淡，雪意未全休。鉴曲寒沙[2]，茂林烟草[3]，俛仰千古悠悠[4]。岁华晚，漂零渐远，谁念我，同载五湖舟[5]。磴古松斜[6]，厓阴苔老[7]，一片清愁。　回首天涯归梦，几魂飞西浦，泪洒东州。故国山川，故园心眼，还似王粲登楼[8]。最怜他、秦鬟妆镜[9]，好江山，何事此时游。为唤狂吟老监[10]，共赋销忧。

【注释】

〔1〕蓬莱阁：旧址在浙江绍兴卧龙山下，因唐元稹《以州宅夸于乐天诗》“谪居犹得近蓬莱”得名。

〔2〕鉴曲：鉴湖一曲。《新唐书·贺知章传》“有诏赐镜湖剡川一曲”，镜湖即鉴湖。

〔3〕茂林：指兰亭。王羲之《兰亭序》：“此地有崇山峻岭，茂林修竹。”

〔4〕俛仰：通俯仰。《兰亭序》：“俛仰之间，以为陈迹。”

〔5〕“同载”句：为春秋时范蠡事。见《国语·越语》：及至五湖，范蠡辞于王曰：“君王勉之，臣不复入越国矣。”五湖即今太湖。唐陆广微《吴地记》引《越绝书》逸文云：“西施亡吴国后，复归范蠡，同泛五湖而去。”

〔6〕磴：通“隥”，指山路，石级。

〔7〕厓：即崖，山石或高地的陡立的侧面。

〔8〕王粲：东汉末人，著有《登楼赋》，赋云：“虽信美而非吾土兮，曾何足以少留。”

〔9〕秦鬟：指绍兴的秦望山，秦始皇曾登临。以山形颇似妇人鬟髻，故称。

〔10〕狂吟老监：指唐代诗人贺知章。《旧唐书·贺知章传》：“知章晚年尤加纵诞，无复规检，自号四明狂客，又称‘秘书外监’，遨游里巷，醉后属词，动成卷轴，文不加点，咸有可观。”

【赏析】

此词写于元军入侵、宋室灭亡之年冬季，词人登高怀古，抒发亡国之痛、故国之思，凄楚哀绝，被推为草窗词中压卷之作。

上阕着力于写景。凄凉幽寂的景色，衬托出形单影只的词人的“一片清愁”。“步深幽”以下将读者带入了一个“千山鸟飞绝，万径人踪灭”的意境中。下句进一步加以描写，点明时节是冬季，正是一派灰暗寂寥的景象。贺知章曾经畅游过的鉴湖，

王羲之曾为之作赋的兰亭，如今却是满目荒凉，一片沙寒草衰的愁惨气象。睹物思人，词人心中不禁生发出“前不见古人，后不见来者，念天地之悠悠，独怆然而涕下”的孤独寂寞之感慨。回顾身世，岁月流逝，而自己孤身一人，漂泊无依，要想同范蠡当年一样泛舟湖上，却无人与伴。再看眼前破败的石级，歪斜的老松、斑驳的青苔，那凄清苍凉的景物，给词人本已凄黯无比的心中，更增了一番清愁。

下阕细数离怀。首句写词人对故国深切的思念。“几”指几度，言其频繁。“西浦”“东州”，均在被词人视为第二故乡的绍兴，“魂飞”“泪洒”，道出词人对故乡的深厚恋情。而今日重返故地，却已物是人非，词人忧慨无限。“最怜他”句写出词人对故国山川的无限热爱，“秦鬟妆镜”，极写山川之娇美，愈发反衬出词人亡国之痛之深。“何事此时游”，以反诘的语气，道出词人满腔悲愤。结句是说词人要唤来“狂吟老监”与他一起赋诗消愁，却正道出了词人一腔悲苦，无以宣泄的沉痛之情。

清人周济评说：“草窗擅美在缜密，如此章稍觉空阔，愈益佳妙。”

齐天乐

蝉

王沂孙

绿槐千树西窗悄，厌厌昼眠惊起。饮露身轻，吟风翅薄，半翦冰笺谁寄。凄凉倦耳，漫重拂琴丝。怕寻冠珥[1]，短梦深宫，向人犹自诉憔悴。　残虹收尽过雨，晚来频断续，都是秋意。病叶难留，纤柯易老，空忆斜阳身世。窗明月碎，甚已绝余音，尚遗枯蜕。鬓影参差，断魂青镜里。

【注释】

〔1〕冠珥：即日珥。太阳表面上火焰状的炽热气体。

【赏析】

王沂孙工于体物，这首咏蝉词，借蝉的短暂的一生托出词人的身世之慨，于蝉的意象中，包容了深厚的现实感和浓郁的人生悲剧感。

上阕起句写蝉、人共处的环境。“悄”与“惊”相对，突出蝉之哀鸣骤起，令词人心惊，自然将词人的主观感受融入对蝉的客观意象的描写中。下面铺写蝉的形貌习性，蝉餐风饮露，过着清高自洁的生活，然而一片冰心，无人可解，而词人似有着与蝉相似的命运，故此蝉鸣在词人听来特别凄凉，不忍卒听。接下来写蝉栖身于深宫般的浓荫中，哀鸣声声，如丝缕琴声，向人们诉说着短暂如梦的一生的不幸。

下阕接着写雨过天晴，天边一弯残虹斜挂，在这暮色黄昏中，蝉声断断续续，秋意渐浓。曾经"绿槐千树"的茂盛景象，如今时过境迁，已是满目凄凉。蝉所赖以生存的树枝树叶也已飘零凋残，摇摇欲坠，蝉的生命也将伴随着这秋风落叶而结束了。断肠斜阳里，寒蝉的声声哀鸣就像是在替自己、替生命唱着一曲永恒的挽歌，哀悼和怀念着逝去的好时光。到明月升起之时，蝉悲哀微弱的余音也已听不见了，这里"碎"字的运用，幽美无比，形容点点月光透过树枝树叶的缝隙，在地面形成了斑驳的图画，更将一种被残损的悲剧美感揉入整个画面之中，可谓幽柔怨抑，扣人心弦。最后将蝉拟人化，用"齐后忿而死，尸为蝉"的传说，揣想齐女辞世之际，形容憔悴，独对青镜而幽恨绵绵的情形。这一幽冥意象的运用，将整个词的悲剧气氛推向高潮，写得惊心动魄，摄人心魂。至此，与前阕起首之"惊"遥相呼应，虚实相生。

此词融合无间，深化无痕。周止庵评王沂孙词说："赋物能将人、景、情思一齐融入。"

水龙吟

海棠

王沂孙

世间无此娉婷[1]，玉环未破东风睡[2]。将开半敛，似红还白，余花怎比。偏占年华，禁烟才过[3]，夹衣初试。叹黄州一梦，燕宫绝笔，无人解，看花意。　犹记花阴同醉。小阑干、月高人起。千枝媚色，一庭芳景，清寒似水。银烛延娇，绿房留艳，夜深花底。怕明朝、小雨濛濛，便化作燕友泪[4]。

【注释】

〔1〕娉婷：姿态美好的样子。

〔2〕玉环：指月亮。唐白居易《和栉沐寄道友》：“高星粲金粟，落月沉玉环。”

〔3〕禁烟：寒食节。古逢此节日禁止烟食。

〔4〕燕友：胭脂。

【赏析】

海棠花艳丽夺人，开花又早，独占年华，但花时短暂，早早凋零，令人为之叹惜，古来词人多有吟咏海棠之作。王沂孙工于咏物，这首海棠词摹写物象，得其形神，不粘不滞，全篇并无一“海棠”字样，却尽得其风流神韵。

上阕起句赞美海棠的绰约风姿，“玉环未破东风睡”，既描绘了淡淡月辉下海棠的妩媚娇态，如玉人酣睡，同时又隐指玄宗、贵妃之情事。《明皇杂录》中载，一次玄宗登沉香亭召贵妃，贵妃酒醉未醒，高力士从侍儿扶之而来。玄宗笑曰：“岂是妃子醉耶？海棠睡未足也。”此处“玉环”兼两重含意，既指贵妃，又代指明月。这句“似花还似非花”，海棠与贵妃，人的娇姿与花的娇容相映生辉。“将开半敛，似红还白”，形容花欲开未开时的娇美形态和颜色。“偏占”句写海棠开放于清寒未消之际，占群花之先，然而海棠开得早，败得也早，故此引来下句“叹黄州一梦，燕宫绝笔”，似暗指贵妃惨死马嵬坡之事，人与花有着相同的不幸命运，故词人之赏花，不独是爱花怜花，更有无限人生感慨于其中。

下阕进一步写词人的一片护花惜花之深情。当日落月升之时，那千朵万枝海棠花在明月清光的映照下，分外艳丽，媚色动人，使满庭生辉。词人爱花心切，不顾夜深清寒似水，秉烛赏花。“银烛延娇”，源出自苏轼诗“只恐夜深花睡去，故烧高烛照红妆”。“延娇”、“留艳”字样均表现了词人希望将花留住的一片痴心。结句“怕明朝，小雨濛濛，便化作燕支泪”，以佳人落泪的凄美形象形容雨中海棠之风神，写得凄楚动人。

高阳台

和周草窗寄越中诸友韵

王沂孙

残雪庭阴，轻寒帘影，霏霏玉管春葭[1]。小帖金泥[2]，不知春在谁家。相思一夜窗前梦，奈个人，水隔天遮。但凄然，满树幽香，满地横斜。　　江南自是离愁苦，况游骢古道[3]，归雁平沙[4]。怎得银笺，殷勤与说年华。如今处处生芳草，纵凭高，不见天涯。更消他，几度东风，几度飞花。

【注释】

〔1〕霏霏：纷飞的样子。《诗·小雅·采薇》：“今我来思，雨雪霏霏。”春葭，春天初生的芦苇。古时为预测天气，以浮灰塞入律管，节候至则灰飞管通。

〔2〕金泥：以水银和金粉以为泥，用以封印玉牒、玉检、诏书等。《荆楚岁时记》载："立春这日，悉剪彩为燕戴之，帖'宜春'二字。"

〔3〕骢：青白杂毛的马。

〔4〕平沙：广漠的沙原。

【赏析】

此词为王沂孙答和周密之作，表达了对友人的深切的思念。

上阕首句写轻寒薄罩，但春葭霏霏，已传来了春的讯息，"残"与"轻"字细腻而准确地描绘出了寒意尚未退尽的冬末春初景象。"小帖金泥"句则由自然景物转入人事，写在这春天来临，万物复苏，欣欣向荣的时日里，客游在外的词人心头却为离愁别恨所占据，那"良辰美景"似与词人无关，"赏心乐事"也只是属于那些春风得意的人们，一腔离骚，因春更浓，故言"不知春在谁家"。下面紧接着写词人在这种幽幽的心境中，思念着远方的友人，然而一夜相思成梦，醒来无奈还是与那人水隔天遮，不能相见。这愁情，使窗前那"满树幽香，满地横斜"的美景在词人眼中也充满了凄然悲凉的味道。

下阕词人替人说愁，设想那西风瘦马，空见雁归的北国游子心头有离愁万千。"怎得银笺"句是说想细诉别后光阴，却苦于没有精美信笺，实是说那无边的愁思难以用语言表达。"如今"句写词人登高望远，盼望友人归来，然而山隔水阻，梦魂难觅，只见芳草迷离，铺向天边。此实是以那一川烟草暗喻词人满怀离愁别恨。结句“几度东风，几度飞花”，写得既空灵摇曳，又味醇意厚，道出了人老黄昏、好景不常的人生哀感。

和词既需押原来韵字，又需与原作意思衔接而不雷同，此词苦心经营，出以自然天成，写得清丽流转，沉郁哀婉，足见词人经验之丰富，才华横溢。

一剪梅

舟过吴江

蒋　捷

一片春愁待酒浇，江上舟摇，楼上帘招。秋娘渡与泰娘桥〔1〕，风又飘飘，雨又萧萧。　何日归家洗客袍，银字笙调，心字香烧〔2〕。流光容易把人抛，红了樱桃，绿了芭蕉。

【注释】

〔1〕秋娘、泰娘：都是唐代著名歌女的名字。秋娘渡与泰娘桥均为吴江的两个地名。

〔2〕心字香：明杨慎《词品》：“所谓‘心字香’

者，以香末萦篆成心字也。”

【赏析】

这是首倦游思归之作，上阕写实景，词人乘船路经吴江，一路风雨潇潇，一派烟雨迷离景象，故引起词人思乡愁绪绵绵不断，令词人渴望借酒浇愁，一醉方休。“风又飘飘，雨又萧萧”，“又”字的重复使用，表现了词人不堪愁之重负的无奈情绪。

下阕写虚景，为词人想象的展现。这里通过几个生活小细节的叠加铺写，烘托出远游归家后家中的温馨与舒适。“银字笙调，心字香烧”，即调弄起镶有银字的笙，点燃心字形的篆香。“流光”句与“何日”句互为因果关系。“何日归家洗客袍”，“何日”的疑问语气，表达了词人归心似箭的急切心情，这是因为“流光容易把人抛”。“红了樱桃，绿了芭蕉”，词人巧妙地选取自然界色彩的缤纷变幻，将无形时光的流逝化为可见之具体物象，形象而生动，是脍炙人口的名句。

此词铿锵悦耳，富于节奏感和音乐美，琅琅上口。

词 人 谱

李隆基

（685—762），睿宗李旦第三子，景云元年立为皇太子，英武多才。即位后，开元之际，励精政事。天宝年后，宠幸杨贵妃，用李林甫、杨国忠，致安禄山之乱，避难逃蜀。在位四十四年。其词已散佚，只存《好时光》一首。

李 白

（701—762），字太白，号青莲居士，祖籍陇西成纪（今甘肃天水附近），生于安西都护府之碎叶城，五岁时随家迁至绵州昌隆（今四川江油）青莲乡。二十五岁开始漫游各地。贺知章奇其才，荐于玄宗，天宝元年（742）应诏赴京，供奉翰林，不久即遭谗去职。安史乱中，为永王李璘的幕僚，璘败，白被流放夜郎（今贵州东部），中途遇赦，往依族人当涂令李阳冰，逝于当涂（今属安徽）。

李白为唐代著名诗人，有《李太白集》。词作不多，《尊前集》于李白名下录词十二首，其中《菩萨蛮》（平林漠漠）和《忆秦娥》（箫声咽）两首，宋人黄升誉之为“百代词曲之祖”。

韩 翃

生卒年不详。字君平，南阳（今属河南）人。天宝十三年（754）进士，大历十才子之一，著有《韩君平诗集》。其爱姬柳氏于乱离中被番将所夺，翃作《章台柳》词咏赠，附于诗集。

王 建

（约 767—约 830），字仲初，颍川（今河南许昌）人。大历十年（775）进士，工乐府，与张籍齐名。有《王司马集》。词存十首，以《调笑令》流传最广。

白居易

（772—846），字乐天，晚号香山居士，又号醉吟先生。祖籍太原，徙居下邽（今陕西渭南东北）。贞元十六年（800）进士。补校书郎，历官至太子太傅，以刑部尚书致仕。为唐代著名诗人，有《白氏长庆集》，今存词三十余首，风格平易近人，老妪能解，广为传诵。

冯延巳

（约 903—960），又名延嗣，字正中，广陵（今江苏扬州）人。历事南唐二主，曾拜同平章事（宰相之职）。有辞学，多伎艺，善作新词。

冯延巳为五代词人一大家，与温庭筠、韦庄分鼎三足。冯词较花间派其他词人更长于人物内心描写，取材较丰富，境界较开阔，词风深美闳约，对北宋词人如晏殊、欧阳修等人影响很大。词作有《阳春集》，存词一百余首。

李　煜

（937—978），字重光，初名从嘉，号钟隐，南唐中主李璟第六子。彭城（今江苏徐州）人，好读书，精通音乐，善诗文、书画，尤工于词。

961年嗣位，史称南唐后主，在位十五年，降于宋。亡国后，日夜以泪洗面，词多悲愤悔恨，极言亡国之痛、故国之思，境界深远，感情真挚。宋太平兴国三年（978）七夕，为宋太祖赵光义赐药毒死。有后人所辑《南唐二主词》。

韦　庄

（约836—约910），字端己，京兆杜陵（今陕西西安）人。六十岁始中进士，后入蜀投奔藩将王建。唐亡，王建称帝，国号蜀，韦为宰相。韦庄词以情胜，疏淡秀雅，蕴藉风流，与温庭筠并称"温韦"。王国维《人间词话》评曰："韦端己之词，骨秀也。"有诗集《浣花集》。

牛　峤

生卒年不详，字松卿，又字延峰，陇西（今甘肃陇西）人。乾符五年（878）登进士第。前蜀王建称帝，为给事中。牛峤以词著名，风格虽类似于温庭筠的秾艳缛丽，但于繁弦促拉间有劲气暗转，愈转愈深，况周颐批评五代词“除表写无可学”，唯“松卿词盖有内心者”。有《歌诗集》三卷，不传。

张 泌

生卒年及事迹不详，《花间集》列于牛峤、毛文锡之间，称为“张舍人”。

张泌词以《江城子》而得名。其词风格“介乎温韦之间而与韦最近”（《栩庄漫记》）。况周颐评曰：“其佳者能蕴藉有韵致。”（《餐樱庑词话》）

毛文锡

约公元913年前后在世，字平珪，南阳（一说高阳）人。唐时登进士第，后仕前蜀为翰林学士，官至司徒；复仕后蜀。

毛文锡词率多平直，尤擅艳语，沈雄谓其“大致匀净，不及熙震”（《古今词话·词评》）。

顾 敻

约928年前后在世，前蜀时官至茂州刺史，后复事后蜀，累官至太尉。顾敻小词颇工，“浓淡疏密，一归于艳”，“工致丽密，时复清疏。以艳之神与骨为清，其艳乃入神入骨”（《餐樱庑词话》）。

孟 昶

（919—965），五代后蜀后主，字保元，邢州龙冈（今河北邢台）人。在位二十八年，奢侈无度，国亡降宋，卒谥恭孝。

孟昶好文，有诗才，“尝言不效王衍作轻薄小词，而其词自工。”所存仅《玉楼春》（又名《木兰花》）一阕，正所谓无意为词而词自工者。

欧阳炯

（896—971），益州华阳（今四川成都）人。前蜀时曾为中书舍人，后拜为宰相，最后随后蜀后主孟昶归宋，任左散骑常侍。欧阳炯词婉约轻和，为时人称道。况周颐说其词“艳而质，质而愈艳，行间句里，却有清气往来”（《历代词人考略》）。

宋　祁

（998—1061），北宋文学家、史学家。字子京，安州安陆（今湖北安陆县）人。历官大理寺丞、国子监直讲、史馆修撰、工部尚书、翰林学士。与欧阳修等合修《新唐书》。善诗词，语言工整秀丽，因《玉楼春》词中“红杏枝头春意闹”一句，人称“红杏尚书”，一时传为美谈。卒谥景文，有《宋景文集》。

欧阳修

（1007—1072），庐陵（今江西吉安）人。号醉翁，又号六一居士，天圣八年（1030）进士，官至参知政事。神宗朝，迁兵部尚书，以太子少师致仕。卒赠太子太师，谥文忠。其词多缠绵悱恻，伤春怨别，风格深婉清丽，接近于晏殊，亦有疏旷豪迈之作。有《欧阳文忠集》、《六一词》等多种。

张　先

（990—1078），北宋词人。字子野，乌程（今浙江湖州）人。宋仁宗天圣八年（1030）进士，官至尚书都官郎中。张先早期作品多为小令，和晏殊、欧阳修并称；后写慢词，与柳永齐名。因词中多用“影”字，人称“张三影”。所作词含蓄工巧，富有情韵。有《安陆集》。

晏　殊

(991—1055)，北宋政治家、词人。字同叔，临川(今江西临川)人。官至同中书门下平章事兼枢密使。卒谥元献。范仲淹、富弼、欧阳修、张先等皆出于其门下。晏殊词受冯延巳影响，语言凝炼、自然，风格和婉闲雅、秾丽多姿，内容多赋生活情趣及闲情逸致。有《珠玉词》及《晏元献遗文》。

柳　永

(约984—约1053)，北宋词人，字耆卿，原名三变。崇安(今福建崇安)人。景祐元年及第，官至屯田员外郎。柳永仕途上坎坷，曾写过《鹤冲天》词，抒怀才不遇之情，引起宋仁宗不满。由于失意，流连坊间，他的一生颠沛流离，凄凉而死。词多写市井生活和青楼偎翠倚红之事，也有不少描写逆旅情怀的词。柳词的离情别绪写得大胆、真挚。他精通音律，一生写了大量慢词，开创了慢词的先河。他的词形成了俚俗词和清雅词两种不同的风格。俚俗词迎合了市民生活趣味，受到广泛的欢迎，相传当时“凡有井水饮处，即能歌柳词”。而其清雅词又受到文人学士的赞赏。

晏几道

(1038—1110)，字叔原，号小山。抚州临川（今江西抚州）人，晏殊幼子。累官至开封府推官。一生仕途失意，晚年家道中落。能文善词，与父齐名，时称“二晏”。词风近其父，多写四时景物、男女爱情，受五代艳词影响，又兼花间之长。较之其父，更工于言情，为后世喜工丽词语的文人所赞赏。有《小山词》。

贺　铸

(1052—1125)，字方回，祖籍山阴（今浙江绍兴），生在卫州（今属河南）。娶宗室女，授右班殿直。元祐中，通判泗州。为人豪侠尚气，喜论当世之事，渴望建功立业。才兼文武，秉性刚直，不阿权贵，因而一生屈居下僚。晚退居苏州，自号庆湖遗老。其词风格多样，题材丰富兼有豪放婉约之长。有《东山集》一卷、《贺方回词》二卷，共二百八十余首词传世。亦工诗文。

林　逋

(967—1028)，字君复，杭州钱塘（今浙江杭州市）人。少孤力学，恬淡好古，不趋荣利，隐居西湖孤山上，二十年足迹不到城市。未娶，以种梅养鹤自娱，人称“梅妻鹤子”。卒谥和靖先生。善行书，工于诗。其诗多描写隐居生活，能以疏淡之笔墨勾勒图画，尤长于咏梅，以《山园小梅》最负盛名。存词三首，清丽隽永。有《林和靖诗集》。

周邦彦

(1056—1121)，字美成，号清真居士，钱塘（今浙江杭州）人。少有才学，因献《汴都赋》，擢为太学正。及至旧党执政，迭遭贬谪。哲宗亲政，召为国子主簿。徽宗朝累官至徽猷阁待制，提举大晟府，后出知顺昌府，徙处州。其词作多写恋情，还有咏物、怀古伤今、表现羁旅行役的作品。音律严整，语言工丽，多用典故，形成了浑厚、典丽缜密的艺术风格。被称为婉约派的集大成者和格律派的创始人。但其词过分追求格律法度与形式，思想内容较贫弱，开了形式主义词风的先河。今存《片玉词》。

苏　轼

(1036—1101)，字子瞻，号东坡居士，眉州眉山（今属四川）人。仁宗嘉祐二年(1057)进士。历官福昌县主簿、大理评事、殿中丞等。神宗时，因反对王安石变法，出为杭州通判，知密、徐、湖诸州。元丰中，被指控讥刺新法而下狱，后贬居黄州。元祐中，迁中书舍人、翰林学士，除龙图阁学士知杭州，改知颍州、扬州。还，迁端明殿学士、礼部尚书，再知定州。绍圣初，坐讪谤贬惠州，徙儋州。徽宗立，赦还，卒于常州。苏轼才情奔放，是北宋中期的文坛领袖，一代文学巨匠，唐宋八大家之一。苏轼的散文、诗、词、书、画等均有很高的成就。其词在风格、体制上皆有创变，豪壮清雄之作尤新人耳目。著述颇丰，《东坡乐府》存词三百五十余首。

黄庭坚

(1045—1105)，字鲁直，号山谷道人，洪州分宁(今江西修水)人。英宗治平四年(1067)进士。累官国子监教授、校书郎、《神宗实录》检讨官，迁著作佐郎、国史编修官。“苏门四学士”之一。其书法精妙，尤长于诗，为江西派宗主。其词早年近柳永，多写艳情；晚年近苏轼，深于感慨，风格豪放秀逸。常以江西诗派那种瘦硬诗入词，因而不少作品缺乏词韵，有《山谷词》。

李清照

(1084—约1151)，号易安居士。齐州济南(今山东济南)人。早年生活比较安定、富裕，词多写个人闲适生活。后期历经战乱，生活动荡不堪，词的内容有了较大的变化，表达了她的悲伤痛苦和怀念故土的感情。其词艺术造诣很高，语言清新，刻画细腻，感情浓烈，意境优美。有《漱玉词》。

经典国学口袋书

01 周易
02 道德经
03 庄子
04 论语
05 孟子
06 大学·中庸
07 孙子兵法
08 三十六计
09 百战奇略
10 六韬·三略
11 山海经
12 左传
13 战国策
14 史记·本纪
15 史记·世家
16 史记·列传
17 汉书
18 后汉书
19 三国志
20 吕氏春秋
21 资治通鉴
22 中国通史
23 中华上下五千年
24 贞观政要
25 中国古代文化常识
26 中国古代名言警句
27 徐霞客游记
28 容斋随笔
29 金刚经
30 忍经·劝忍百箴
31 忠经·孝经
32 智囊
33 梦溪笔谈
34 本草纲目
35 黄帝内经
36 菜根谭
37 小窗幽记
38 颜氏家训
39 围炉夜话
40 曾国藩家书
41 诗经
42 楚辞
43 古诗
44 唐诗三百首
45 宋词三百首
46 元曲三百首
47 千家诗
48 豪放词
49 婉约词
50 世说新语
51 笑林广记
52 古文观止
53 唐宋八大家散文
54 诸子百家名句赏析
55 四书五经名句赏析
56 二十五史名句赏析
57 古代散文名句赏析
58 古代诗词名句赏析
59 红楼梦诗词名句赏析
60 阅微草堂笔记
61 闲情偶寄
62 三字经·百家姓
63 幼学琼林
64 声律启蒙·弟子规
65 千字文·增广贤文
66 对联
67 俗语
68 谚语
69 歇后语
70 格言联璧
71 中华寓言故事
72 中华典故故事
73 中华成语故事
74 中国十大喜剧故事
75 中国十大悲剧故事
76 中国皇帝传
77 中国皇后传
78 中国宰相传
79 中国将帅传
80 白话聊斋

三 秦 出 版 社

地处周秦汉唐千年古都西安的三秦出版社，建社30多年来始终以弘扬和传播优秀传统文化为己任，依托三秦大地无比丰厚的历史文化积淀，出版了大批特色鲜明、极具文化传承价值的精品图书，创造了良好的社会效益和经济效益。为顺应构建全民阅读时代、建设书香社会的需求，我社经充分调研策划，从浩如烟海的国学宝库中精心遴选，编辑出版了“中华经典国学口袋书”系列丛书，包含经史子集、诗词曲赋、笔记信札、经典名句等80部精品佳作，内容精粹，外观精美，便于携带，定会为您居家出行增添颇多书香雅趣。

49－8 【千秋绝艳图】卷 局部 [明] 佚名 中国历史博物馆藏

49－8　【千秋绝艳图】卷 局部［明］佚名　中国历史博物院藏